Alister Ramírez Márquez

IL MIO VESTITO VERDE SMERALDO

TRADUZIONE:

MARIA ENRICO

PROLOGO:

GRACE CAVALIERI

Forest Woods Media Productions, Inc.

Recensione critica per Il mio vestito verde smeraldo

Un romanzo brillante.

-Stephen Vincinzcey, authore di *Truth and Lies in Literature (Inghilterra)*

Un'epica impressionante nella migliore tradizione letteraria latino americana.

-Daniel Samper in *El Tiempo* (Colombia)

È una storia intensa, magica e profondamente umana.

-Carmen Casanovas, agente letterario (Spagna)

È la testimonianza di una donna latino americana e quindi anche la voce di tante donne a noi sconosciute nel mondo.

-Esperanza Jaramillo, poeta (Colombia)

I lettori si immergono nella storia diventando protagonisti invisibili di **Il mio vestito verde smeraldo.**

Emilio González, regista cinematografico e televisivo , Canal Sur, Andalucía (Spagna)

Un romanzo eccezionale. Dopo averlo letto, l'ho dato a mia moglie che l'ha letto tutto d'un fiato.

-Álvaro Mutis, autore colombiano (Messico)

È come entrare nel mondo delle Mille e Una Notte. **Il mio vestito smeraldo** non è un libro unico, ma tanti libri. Non è una storia unica, ma tante storie.

-Hilario Rodríguez, critico cinematografico, ABC (Spagna)

I personaggi e la trama sono molto ben sviluppati. Li sentiamo e li tocchiamo. Senza ricorrere ad effetti dramatici Alister Ramírez Márequez ci mostra la realtà colombiana del ventesimo secolo.

-Plinio Apuleyo Mendoza, autore colombiano (Portogallo)

È una storia intensamente e profondamente umana. Clara è un personaggio veramente indimenticabile.

-Reinaldo Marchant, autore (Cile)

La sua prosa è poesia sentita. È un prezioso gioiello verde smeraldo.

-Jaime Quezada, poeta (Chile)

Il mio vestito verde smeraldo è un romanzo che sbalordisce. Il lettore non potrà resistere la prosa incantevole, e neppure le descrizioni culinarie, le tradizioni, i sapori, i profumi e le pozioni.

-Luis Eduardo Gallego, storico (Colombia)

Il romanzo è una riflessione su un argomento dimenticato dalla letteratura latino americana: la storia della migrazione domestica delle centinaia di persone costrette ad abbandonare la campagna per la città con conseguenze disastrose.

-Enrique Serrano, autore(Colombia)

Alister Ramírez Márquez ci trasporta nel mondo violento della storia di Colombia. Attraverso gli occhi di Clara entriamo senza lacrime o rimproveri nel suo mondo caotico.

-Miriam Cotes Benítez, *Boletín Cultural y Bibliográfico*. Biblioteca Luis Ángel Arango, Bogotá (Colombia)

L'autore, Alister Ramírez Márquez, non manca di ironia perché ci offre un vasto panorama di protagonisti dal cuore violento ma al contempo vivacemente colorato.

-Grace Cavalieri, poeta, saggista, commediografa (U.S.A.)

Clara non è né eroina né vittima. È una donna come tante altre.

-Herbert Braun, storico(U.S.A.)

Un romanzo splendido e straordinario.

-Ida Rubin, curatrice and critica d'arte (U.S.A.)

Interessantissimo e vivacemente consigliato.

-Patrizia Comello, giornalista (Italia)

Meravigliosamente intenso e coraggioso.

-Sabine Pascarelli, poeta (Italia)

Alister Ramírez Márquez

IL MIO VESTITO VERDE SMERALDO

Titolo originale: Mi vestido verde esmeralda

Prima edizione spagnola : 2003

Prima edizione annotata in spagnolo: 2006

Prima edizione in inglese: 2010

Prima edizione in italiano: 2010

Stampato negli Stati Uniti D'America

ISBN: 0938572547

ISBN-13: 9780938572541

*Dedicato a Alicia, Richard, Alistair, Darwin
e a tutte le donne di spirito combattente.*

INDICE

IL MIO VESTITO VERDE SMERALDO

PROLOGO

Questo romanzo, scritto in spagnolo e tradotto in inglese, viene ora presentato in italiano. Nietzsche ha scritto che il linguaggio crea il valore della cultura. L'atto di tradurre stabilisce il significato di una parola, poiché nessuna parola nasce con un solo significato. Non esiste un significato unico ed assoluto per una parola in qualsiasi lingua. Quindi, la traduzione di questo romanzo è una fusione miracolosa e continua di pensieri e sfumature. Malgrado la temporalità di linguaggio da uno stato d'essere ad un altro, il contesto può sempre essere chiaro. E così avviene con questa avventura che inizia nel 1900 e narra la vita di una donna attraverso un'odissea di lotte, disagi, peripezie e trasformazioni.

Nel mondo del cinema si parla di trame "guidate dai protagonisti" e questa definizione descrive perfettamente *Il mio vestito verde smeraldo*. In breve, Ana Maria Romona Clarisa (Clara), nata agli inizi del ventesimo secolo in Colombia (Angelopolis), entra in un mondo, sia materialmente che intellettualmente povero. Una di sei figlie separate dalla morte della madre, Clara e una sorella vengono affidate ad una zia. La sua gioventù è caratterizzata da condizioni pietose e pressoché nessuna istruzione. Terribile è anche la sua prima esperienza d'amore con Domingo che risulta in una relazione con abusi e torture. Non c'è da meravigliarsi che sposi Jesús Márquez, un mulattiere attempato e che lo segua dalla costiera civilizzata di Colombia attraverso montagne e zone selvagge all'interno del paese. La sua vita diventa una di felicità duramente conquistata assieme ai figli suoi e quelli dalla prima moglie di Jesús. Il romanzo ci conduce fino all'età adulta di ogni figlio, alla nascita dei nipotini, ed in fine alla malattia e alla vecchiaia. Le Clézio, vincitore del Premio Nobel per la letteratura in 2008, a commento di una vita difficile e crudele ha detto che era "Tutta talmente preziosa. Così preziosa." E così è anche questo romanzo dai significati pittorici, di unione con la terra, le piante e gli animali selvaggi. E` un romanzo di sofferenze "preziose" perché le comprendiamo.

Ho letto questo romanzo come appassionata di Italo Calvino e quindi mi sento di casa. Se una storia mi piace, sono a casa. L'arte di questo romanzo è disadorno e di una bellezza austera. Non si preoccupa delle paure e dei desideri del lettore perché le condizioni sono spietate ed il mondo descritto è selvaggio. È un calderone di ambizioni umane, avidità e stupidità che tuttavia vengono trasformati dalla tenacità e dal coraggio di Clara e dalla teoria audace che una donna possa essere la protagonist di una storia di pionieri.

Sembra andar contro la logica poter godere delle miserie altrui (però lo si fa sempre) e non si può negare che la mente brami il conforto. Eppure l'autore, Alister Ramírez Márquez, non manca di ironia perché ci offre un vasto panorama di protagonisti dal cuore violento ma al contempo vivacemente colorato. Clara è una femminista prim'ancora del conio della parola. Conquista la sua terra, si fa strada nel mondo materiale, e ci si rende conto che i limiti del suo mondo non sono mai superiori alle sue capacità di sopportare e, soprattutto, di sconfiggere.

Come può la rinascita o la traduzione di una lingua ritrarre un comportamento insensato e gretto? Non stiamo parlando di una favola, ma di una società primitiva. La disperazione è riconosciuta. La disperazione è dove finiscono tutte le cose perdute. Ma coloro che sono preparati alla delusione, essendoci nati , hanno anche il dono di poterla capire e di conseguenza sanno cosa se ne può ricavare. Il linguaggio del romanzo è in sintonia con la trama. Le sensazioni sono come ampie pennellate poiché la raffinatezza non esiste. Il linguaggio riflette i valori dei personaggi. Viene creata una realtà popolata di persone crudeli, rozze, che agognano la bellezza. Ma la voce dell'autore è forte - e li rende forti con immagini della condizione umana dei protagonist che attraversano le montagne della Colombia, e si avventurano anche in Argentina e in Messico. Benché la storia tocchi l'apogeo nel periodo peronista in Argentina, sono convinta che tuttora continui. Questo romanzo - sia pure "memorie" - vive nelle foreste colombiane ed in un mondo dove il folclore è bibbia, la superstizione è religione e la fantasia si intravede ovunque.

Se esiste una realtà filosofica in ogni scrittura, sta nel fatto che il tempo è una linea sottile che unisce la vita e alla morte, e va avanti grazie alla sofferenza. Si può trovare gioia nella sua rappresentazione? La risposta è, sì. Si può trovare liricismo in questo modo duro? Indubbiamente, sì.

È stato bello per me entrare nel mondo magico di Alister Rámirez Márquez perché questa è gente chein altro modo non avrei mai incontrato e che sono certa vive ancora oggi nell'America latina, sulle montagne appalachi degli Stati Uniti, e nell'Europa contadina. Sono persone che vivono vite dal finale incerto. La loro strada quindi è sempre pericolosa. La descrizione di queste vite è un modo per entrare nel mondo di chi vive la propria vita come meglio può, in qualsiasi modo possibile. Godiamo di una cultura che non è la nostra. Ed è così che sono entrata in una foresta di sconosciuti. Spero che un giorno uno studioso possa leggere questo romanzo con il testo a fronte e confrontare le pagine in spagnolo, inglese ed italiano di *Il mio vestito verde smeraldo* e così vedere la temporalità da una lingua all'altra e constatare con meraviglia come la storia sia rimasta intatta. In fondo è proprio questo il segno di un vero scrittore.

Grace Cavalieri

Grace Cavalieri è poeta, saggista, e drammaturgo. È regista e presentatrice del programma radiofonico *Poeti e Poesia* trasmesso dalla Libreria del Congresso a Washington, DC.

L'autore

Alister Ramírez Márquez è nato nel 1965 a Armenia, capitale della provincia di Quindío in Colombia, dove si volge gran parte del romanzo *Il mio vestito verde smeraldo.*

Ramírez Márquez ha trascorso l'infanzia e l'adolescente a Quindío e la sua passione per il giornalismo risale a quel periodo. Come egli stesso scrive, "sono cresciuto in questa regione, la mia famiglia coltivava il caffè e sono stato immerso in questo mondo e nella sua tradizione orale". La storia narrata in questo romanzo si basa sulle sue esperienze personali ma anche sui suoi studi umanistici e sulla ricerca storica.

Ramírez Márquez ha vissuto a Bogotá e nel 1989 si è trasferito a New York dove ha collaborato con varie riviste e giornali. La raccolta di interviste *Reportaje a 11 escritores norteamericanos* è stata pubblicata nel 1996. Tra gli intervistati vi sono John Updike, Harold Bloom, Norman Mailer e Joyce Carol Oates. Nel 2000 ha pubblicato un libro per bambini intitolato *Quien se robó los colores?* basato su un mito indigeno precolombiano. Nel 2005 ha pubblicato il saggio *Andrés Bello: critico,* il tema della sua tesi per il dottorato di ricerca nel 2004 alla City University di New York. *Il mio vestito verde smeraldo,* il suo primo romanzo, è stato pubblicato da Ediciones Ala de Mosca a Bogotá nel 2003. Nel 2005 il romanzo ha ricevuto il Premio Internacional de Literatura del Círculo de Críticos de Arte de Chile. Ramírez Márquez è professore ordinario al dipartimento di lingue moderne alla Borough of Manhattan Community College (CUNY) a New York City.

La traduttrice

Maria Enrico è nata negli Stati Uniti d'America, cresciuta in Europa,e ha fatto ritorno negli Stati Uniti per finire gli studi universitari prima alla Barnard College (Columbia University) e poi alla Graduate School di Catholic University dove ha conseguito il MA e il Ph.D. Ha incominciato la sua carriera lavorando presso una agenzia di musica internazionale di gruppi rock americani , poi ha lavorato come agente di viaggio, capo del reparto traduzioni della Berlitz, assistente per uno studio legale internazionale, docente universitaria presso la Catholic University e la American University (ove ha dato avvio al dipartimento di italiano), addetta culturale presso il consolato generale della Repubblica di San Marino, direttrice esecutiva della American University of Rome e direttrice del programma di lingue moderne alla Mercy College di Dobbs Ferry, NY. Maria Enrico è stata anche regista radiofonica e coach per la lingua nell'opera lirica italiana. Ora è professoressa associata al dipartimento di lingue moderne alla Borough of Manhattan Community College (CUNY) a New York City. Svolge anche attività di interpretazione e traduzione letteraria e tecnica. La sua traduzione delle poesie di Grace Cavalieri (Water on the Sun/ Acqua sul Sole) ha vinto il premio Bordighera. È bilingue in inglese e italiano e parla correttamente anche il francese e lo spagnolo.

Questa traduzione è dedicata a Francesca Bertocci ed a Jenny Lee e Robin Enrico

PRIMA PARTE

CAPITOLO I

CLARA

Sono nata nel 1900. Me l'ha detto mia cugina Venecia quando l'ho portata qui con suo marito. Ci ho creduto.

Il vescovo di Angelopolis mi ha battezzato con i nomi di Ana Maria Ramona Clarisa, ma mia zia mi ha sempre chiamato Clara. È lei che ha cresciuto me e mia sorella perché la mia mamma è morta quando sono nata. Mio padre ha diviso le altre mie cinque sorelle con il resto della famiglia, e io non ne ho più saputo niente eccetto quando la mia sorella maggiore è morta.

Mio padre era minatore. L'ho visto solo un paio di volte in vita mia perché dopo che la mia mamma era morta non ha più voluto saperne di noi. Ha detto a mia zia che appena trovava oro a Llanos de la Clara tornava a prenderci, ma dopo che suo fratello era partito, ci diceva, arrabbiandosi ogni volta, che era un buon a nulla, anche come carbonaio.

Mia sorella e io siamo andate all'unica scuola che c'era a Llanos de la Clara. Eravamo dieci scolari, una maestra, e tre banchi. Il pavimento era di terra e la maestra, la signorina Chantal, ce lo faceva spazzare tutto, in ogni angolo, ogni giorno con una scopa di saggina. Diceva che era francese, ma veniva da Amagá. Aveva gli occhi tondi come la mucca di mia zia e non sorrideva quasi mai, neanche quando il tetto di paglia le è caduto addosso e noi si crepava dalle risate. Aveva le unghie lunghe e sporche e non riusciva a nascondere che i bambini la disgustavano.

Ho imparato a leggere ma non a scrivere. Ho scoperto come era divertente scrivere quando ero adulta. Anche se non avevo nessuna idea di cosa diceva la signorina, mi cimentavo nei ritornelli di Abisorba, Absorparba... che era un esercizio per imparare l'abc. Parlava anche di quanto era saggio Don José Manuel Marroquin e quanto era coraggioso il Generale Rafel Uribe Uribe. A forza di ripetere "un pezzo di carbone più un pezzo di carbone" a scuola ho capito come fare le somme ed ero brava a tener conto a casa di esattamente quante torte di mais avevo fatto e quante uova le galline avevano fatto in un mese. Non c'erano tante uova e mia zia le conservava per venderle al mercato. Diceva che quelle marroni erano migliori. Io non ho capito cosa voleva dire fino a più tardi quando ho fatto la mia prima amicizia.

Mia sorella Antonia ed io dormivamo nello stesso letto e mia zia dormiva per terra per via del suo mal di schiena. Una mattina molto presto, quasi un secondo prima di svegliarmi, mi era sembrato di annegare in una pozza ghiacciata e che una ragazzina che mi assomigliava molto stava cercando di tirarmi fuori dall'acqua. Quando mi sono svegliata, Antonia si era presa tutta la coperta per sé. Poi, tutto ad un tratto, ho sentito qualcuno che mi toccava i piedi e sentivo anche che erano freddi a contatto con la pelle calda. Prima ho pensato che era mia zia, ma poi l'ho vista che dormiva per terra. Mi sono riaddormentata perché ho pensato che doveva essere stato il nostro cagnolino che la mattina ci leccava la faccia e i piedi. Quando mia zia ci ha svegliate, mi ha detto che Anita era morta. Io non avevo nessuna idea chi era Anita, ma da come mia zia l'aveva descritta, mi è sembrata molto simile alla ragazza del mio sogno. Anita era la mia sorella maggiore e abbiamo saputo da mio padre che aveva avuto per tanto tempo la febbre alta per la malaria.

Mia zia ci svegliava alle quattro ogni mattina per macinare il mais e farne le torte. Odiavo quel grande mortaio di pietra perché facevo fatica a alzare il pesante pestello di legno. Antonia mi aiutava ed alla fine ci riuscivo abbastanza bene. Per le sei avevamo già fatto colazione ed eravamo pronte per la camminata di un'ora per arrivare a scuola. Non avevamo scarpe e allora gli acari ci entravano nei piedi. Le zecche si attaccavano alle gambe e ci succhiavano il sangue e dovevamo versarci l'acqua calda per staccarle.

Il mio unico vestito era fatto di cotoncino leggero e dovevo lavarlo ogni giorno. Una volta non sono potuta andare a scuola perché era piovuto a dirotto e il mio vestito non si era asciugato. Antonia ha preso una gonna dal baule di mia zia e me l'ha legata in vita con una corda di stoppa. Ho passato tutto il giorno nelle stalle di Don Josè Maria Giraldo perché non volevo far ridere gli altri bambini. Ma, in sostanza, per la signorina Chantal eravamo come una verruca sul naso e alla fine si è abituata al suo branco di nani con vestiti usati da grandi.

Don Josè Maria Giraldo aveva molte bestie a Llanos de la Clara e vendeva blocchi di zucchero di canna alla gente di La Estrella, Heliconia, Titiribì, Amagá e Angelopolis, che era da dove noi venivamo. La sua figlia Nera veniva alla nostra scuola. Aveva quattro anni più di me, quasi la stessa età di mia sorella Antonia. La signorina Chantal la preferiva. Era la più alta di tutti, ma l'aveva messa al primo banco. Nera non ci parlava e se la maestra le faceva una domanda, balbettava. La signorina Chantal sorrideva a Nera quando le parlava e si comportava come la sua cameriera. Don Josè Maria l'aveva assunta per dare lezioni private a sua figlia ma, visto i problemi mentali di Nera, il prete lo aveva convinto a mandarla alla nostra piccola scuola. Suo padre era d'accordo che era meglio per lei stare con gli altri bambini a scuola anche se erano figli di minatori. L'idea del prete era che doveva stare con ragazzi della sua stessa età e che Don Josè Maria, che aveva fondato la chiesa a Angelopolis, poteva mettere una piccola scuola in uno dei suoi depositi per i blocchi di zucchero di canna. Don Josè aveva detto di sì ma a una condizione: Nera non doveva parlare con gli altri bambini.

La signorina Chantal c'era solo per quel motivo e lo faceva con passione. Un giorno non potevo più sopportare di avere davanti quella testa piena di riccioloni che non mi faceva vedere la lavagna e quindi mi impediva di far vedere quant'ero intelligente, e allora le ho fatto capire che non era la padrona della scuola. Aprendo la bocca per la prima volta come per parlare, Nera ha fatto un verso rauco come un papero e poi è scoppiata a piangere. Il suo piangere era così profondo e disperato che il vestito di pizzo le si è bagnato da cima a fondo. La signorina Chantal ha dovuto far chiamare Don Josè Maria e far portare la bambina a casa in barella.

Non sono potuta tornare a casa di mia zia con Antonia quella sera. La maestra mi ha chiusa nel magazzino dello zucchero, ma prima di andarsene aveva sparso dei chicchi di mais per terra e mi aveva fatto stare in ginocchioni fino a quando non avevo detto tutto il padre nostro cinquanta volte. Lì, in quel magazzino buio, ho trovato la scrivania della maestra e dentro una torta di formaggio mandata da Don Josè Maria per sua figlia e l'ho mangiata. Mi ero pisciata addosso dalla paura ma non mi importava niente eccetto andarmene da lì. Dopo avere messo i banchi uno sopra l'altro sono riuscita a mettere la testa fuori da un buco nel tetto rimasto da quando era caduto sulla signorina. Quella notte sono andata alla cieca per i sentieri che conoscevo a mente e sono arrivata a casa della zia all'alba.

Mia zia poi ha deciso di non mandarmi più a scuola perché la considerava una perdita di tempo e aveva bisogno di aiuto per le faccende di casa. Mia sorella mi ha detto che Nera non era più tornata a scuola e che la signorina Chantal era sempre arrabbiata e non faceva che urlare ai suoi otto scolari, che non era venuta in questo cimitero per stare con monelli e per fare da balia a una ragazza pazza che credeva nel diavolo. E chi si credeva di essere quella lì con la puzza sotto al naso, un angelo di Notre Dame? Neanche mia sorella sapeva cos'era Notre Dame, ma io pensavo era il posto da dove veniva la signorina.

La volta dopo che ho visto Nera, aveva sedici anni. Stavo badando alla mucca di mia zia che pascolava nei campi di Don Josè Maria. Mia zia lo pagava con cento torte di mais, fatte ogni giorno da noi – naturalmente – per la ruta e la portulaca che finivano nei quattro stomaci della mucca. Nera, seduta su un cancello, indossava un abito bianco e le scarpe bianche che suo padre le aveva comprato a Madrid. Lo so perché me l'ha detto lei.

Era la prima volta che avevo visto scarpe così. Lei era più bella e silenziosa che mai, ma non mi ha ignorata e mi ha chiamato Clarita. All'inizio avevo pensato che era la mucca che parlava e mi sono sentita come se le radici dell'erba stavano per intrecciarsi nelle unghie dei piedi e tirarmi sotto e seppellirmi perché ero convinta che Nera era una muta. Il mio nome mi sembrava così strano perché nessuno l'aveva mai detto con una "ita" attaccata. E poi a mia sorpresa, Nera si è messa a ridere perché ero impallidita e mi ha detto che non era un fantasma ma la figlia di Don Josè Maria. Sapeva chi ero io, e mi ha ringraziato per averla fatta togliere da scuola. Più tardi mi ha detto che anche lei odiava la signorina Chantal, che il suo nome era in realtà Encarnacion, che era andata a Parigi come assistente di suo padre e lì aveva imparato qualche parola di francese e che quando era tornata a Amagá aveva detto a tutti che era francese.

La madre della maestra era una vecchia venditrice ambulante di carbone che la gente chiamava La Chinca [La Randagia] perché era così piccola e andava di casa in casa a vendere. Mia zia conosceva La Chinca e l'aveva sentita dire alla signorina Chantal – pareva di sentire la vecchietta stessa parlare – che sapeva che malattia aveva ucciso sua madre. Secondo mia zia, Donna Chinca era morta di panite. Quando ho chiesto cosa significava quella parola mia zia mi ha risposto che era una malattia che si prende dal pane. La mamma della signorina non mangiava altro che pane senza lievito e quello l'aveva uccisa, il mangiare così tanto pane. Siccome credevo a tutto quello che mia zia mi diceva, non ho più toccato un briciolo di pane per il resto della mia vita. Tanto non c'è niente di così buono come una torta di mais. E poi, non avevamo i soldi per comprare paste. Dopo la morte di sua madre, Don Josè Maria si era preso cura di Chantal, non per carità, ma perché aveva bisogno di una serva in casa.

Nera continuava a parlare senza mai fermarsi, la mucca mangiava tutto quello che aveva a portata, e non riuscivo a levare gli occhi da quelle sue scarpe. Nel tardo pomeriggio, Nera se le era tolte e me le ha regalate. Da lì in poi ci incontravamo tutti i giorni alla stessa ora. La stavo a guardare mentre lei mi raccontava storie come la volta che Don Josè Maria, il prete e il notalo avevano dovuto farla scendere da un albero di caracolí.

"Sai, Clarita, il mio papà non voleva farlo sapere in giro, ma la verità è che volevo andarmene con un demonio e il mio papà gli si è messo davanti in ginocchio e l'ha pregato di non portarmi via. Il demonio ha accettato e mi ha lasciata incastrata in cima all'albero. Ma so che prima o poi ritornerà."

Un'altra volta Nera si è scoperta il petto per mostrarmi i segni che era stata rapita su quell'albero di caracolí. Aveva delle righe viola che sembravano l'impronta di una mano con sei dita. Nera teneva delle uova nascoste in tasca e mi

5

ha chiesto di spalmare il bianco sui suoi seni per calmare il dolore. Ho inghiottito il tuorlo delle uova e la mucca di mia zia ha mangiato i gusci.

Ho fatto amicizia con la figlia di Don Josè Maria perché aveva dei pezzetti di zucchero di canna che tirava fuori come una magia da sotto il suo vestito di pizzo e, naturalmente, c'erano anche le uova. Ma il motivo più importante per stare ad ascoltare la storia del caracolí volta dopo volta era che mi lasciava guardare la sua collezione di fotografie. Ogni giorno ne portava una diversa da farmi vedere. Le teneva in un libro che aveva la parola Faust per titolo. Sapevo che quel libro non poteva essere in spagnolo perché delle poche parole che avevo imparato a scuola nessuna somigliava alle parole su quelle pagine misteriose. Poi ho saputo che stava leggendo in tedesco perché molti anni dopo un vicino straniero che era stato accusato di possedere libri cattivi mi ha mostrato un altro di quegli stessi libri scritto in quella stessa lingua illegibile.

La prima foto che mi ha mostrato era di un vescovo, fatta a Medellin. Non ero mai stata in quella città e ho pensato che tutti lì portavano un mantello nero e anelli costosi come quello sulla mano destra del vescovo. Era suo zio dalla parte di suo padre e voleva far entrare Nera in un convento in Spagna. Un'altra foto era di un gruppo di uomini che guardavano la dissezione di un cadavere. Secondo Nera, suo nonno da parte di madre era stato medico ad Amsterdam. Ma quello che mi ha sorpreso più di tutto era quella di sua madre seduta in un giardino chissà dove. Non avevo mai visto sua madre e avevo da tempo il sospetto che era la signorina Chantal, ma ero felice di essermi sbagliata. Nera non poteva venire da quel spaventapasseri. A dire il vero, Nera aveva ereditato la bellezza e l'eleganza di sua madre. Mi ha detto che sua madre era di Granada. Non avevo mai visto fiori, aranci, uva o una fontana prima di allora. Lei mi descriveva i colori ma non sapevo se mi diceva la verità perché le foto erano in bianco e nero. Gli unici fiori che conoscevo erano selvatici ma la foto che mi aveva mostrato non era di quelli ma di un'orchidea. L'ho scoperto perché Nera me li ha indicati sul tronco di un albero in un burrone e mi sono scusata per l'ignoranza di mia zia che non distingueva una papera da una tartaruga. Mi ricordo l'orchidea molto bene perché cresceva in mezzo al porcile di mia zia. Quella nostra povera scrofa era così magra che in un gesto di disperazione incontrollabile l'aveva mangiata in un boccone senza lasciar traccia del suo delitto sul muso. Mi ha fatto non solo rabbia ma mi ha fatto anche gelosia perché allo stesso tempo ero triste e avevo anche pietà della scrofa dato che l'orchidea rappresentava per lei l'equivalente dei ciccioli per me che potevo mangiare una volta sola all'anno.

La madre di Nera non voleva tornare in montagna e suo padre aveva alla fine accettato la perdita di sua moglie. Don Josè Maria aveva cresciuto Nera e la signorina Chantal era la sua balia e insegnante privata.

Uno dei passatempi preferiti di Nera era di mostrami la foto di sua madre nei giardini ed inventare storie, come se era una persona famosa. In una di queste storie la donna era l'immagine di una favorita del serraglio del Sultano Yusuf e un giorno il sultano aveva scoperto che questa schiava aveva un amante a corte. La coppia si incontrava in segreto nei giardini Generalife. Nessuno sapeva chi era l'amante. Il sultano fece chiamare i suoi trentasei guerrieri e li decapitò. Un'altra storia era che Yusuf viveva in un Castello Rosso. Aveva solo tappeti nella sua stanza e il nome scritto di chi lo aveva aiutato a vincere la guerra sulla parete. Una delle schiave del serraglio andò dal suo padrone, si inginocchiò e disse: "Io sono cristiana. Mi hanno rapita e venduta in Africa." Il sultano rispose, "Tu ora sei nella terra di Allah." Quella notte la schiava cristiana si buttò dalla torre di guardia.

Nera mi ha insegnato il significato delle parole arabe aljibe, alcazaba, arrayan, alcazar e alhambra. La parola che mi pareva più simile alla mia lingua era alambre, filo spinoso, perché Don Josè Maria ne aveva portato da Medellin per recintare la sua terra.

Qualche volta ascoltava me e si divertiva con la mia storiella di un uomo con un pappagallo che ogni giorno diceva il futuro al mercato. Una domenica è successo che dopo la messa mia zia ha portato me e mia sorella in piazza. Io sono scappata via mentre mia zia stava pesando del mais nel fienile di Don Josè Maria. Sull'unica via principale del paese un uomo stava gridando " Mi chiamo Domingo...Sono l'indovino della domenica!"

Mi sono avvicinata e, essendo così piccola, sono riuscita a spingermi tra la folla ed arrivare davanti. Domingo aveva un treppiedi con una gabbietta da cui usciva un pappagallino con un pezzetto di carta nel becco. Nera mi aveva dato qualche soldino e ho deciso di investirli nel mio futuro. Il pappagallino era così vecchio che poteva appena camminare ma è riuscito a finire lo spettacolo anche se Domingo doveva praticamente tirarlo fuori dalla gabbia.

"Signori e signore, Dario, il pappagallo si sta concentrando... Dario, Dario..."

Domingo mi stava osservando con disagio, ovviamente non aveva nessuna intenzione di rendermi i soldi se li domandavo indietro. Finalmente l'uccellino è apparso con il pezzettino di carta e Domigo l'ha strappato dal becco prima che Dario poteva cambiare idea. "Signori e signore, questa ragazza viaggerà per altre terre, incontrerà un principe e vivrà in un palazzo come quello della regina Maria Luisa." La folla ha cominciato a ridere e qualcuno ha gridato che non c'era nessun principe o principessa dove lei sarebbe andata.

Le risate della folla hanno attirato l'attenzione di mia zia e quando è venuta per vedere cosa stava succedendo mi ha visto. Aveva le mani come uncini e, avendo afferrato l'uomo per il collo, lo ha minacciato dicendo che se stava pensando di rubarmi avrebbe fatto i conti con lei. La mia punizione per essere scappata via era di decorticare tutti i chicchi di mais che lei aveva comprato al mercato e poi mia zia ha dichiarato che se volevo essere ricca dovevo sposare un mercante come Don Josè Maria.

L'ultima volta che ho visto Nera è stato quando le ho detto addio perché stavo per fuggire con Domingo. Mi ha dato la fotografia di sua madre nei giardini di Generalife e anche una borsa piena di uova, blocchi di zucchero di canna, torte di mais, paste e formaggio. Le ho detto che andavo con lui a Medellin, poi a Puerto Berrio e dopo in barca a Barranquilla. Domingo mi aveva detto che aveva parenti a Madrid che, prima o poi, ci avrebbero accolti in casa, che ci saremmo sposati nella chiesa di Santa Ana e che mi avrebbe fatto vedere i giardini di Generalife.

CLARA

Ma non siamo neanche arrivati a Marinilla perché mi ha abbandonata con niente di mio eccetto Dario, il pappagallino, quasi morto di bronchite. Avevo tredici anni e non ero più vergine.

CAPITOLO II

DOMINGO

Domingo non era importante né nella mia vita né in quella di nessun altro. La notte che ho detto addio ad Antonia, mia zia dormiva profondamente per terra con la sua scrofa. La differenza tra il sonno della scrofa e quello di mia zia era che quello dell'animale era di depressione e quello di mia zia di stanchezza. La scrofa non valeva niente, neppure al macello, ma mia zia sperava di ottenerne qualche soldo per compraci le scarpe. Antonia non voleva venire con me perché si era molto affezionata alla vecchietta e noi eravamo tutto ciò che aveva al mondo.

Domingo mi è piaciuto dal primo momento che l'ho visto. Non so se era perché non era di queste parti o perché assomigliava in qualche modo a mio padre, o almeno a quello che mi ricordavo di lui. Era tre volte più vecchio di me, era più alto degli altri minatori che conoscevo, aveva dei baffi neri ben curati, e non portava il poncho come tutti gli altri. Fumava le sigarette e anche mentre leggeva le piccole fortune ne aveva sempre una in bocca. Dal primo momento che mia zia mi aveva visto guardarlo per strada sapeva che mi piaceva e che non c'era verso di fermare la mia attrazione. Anche se lo voleva strangolare, quell'uomo era così seducente che aveva conquistato l'affetto della zia usando il pappagallino, Dario, per farle sapere che era stata prescelta dalla fortuna e che del denaro per un affare le sarebbe arrivato presto. E così quando Don Josè Maria ha accettato di comprare la sua scrofa mia zia era convinta che la sua sorte stava finalmente per cambiare.

Come mia zia, io ci credevo a Domingo e ci incontravamo di nascosto ogni fine settimana dopo la messa. Antonia veniva con me mentre la zia vendeva le uova in piazza.

Un pomeriggio mi ha proposto di scappare via con lui e non ci ho pensato due volte. L'idea di essere rapita mi affascinava. Così mi sono messa d'accordo con Antonia di dire alla zia che Domingo mi aveva rapito e portato in Spagna. Se un demonio aveva scelto Nera per portarla nel suo mondo perché non potevo io essere vittima di un uomo bello e seducente come questo?

La prima notte della fuga Domingo ed io abbiamo camminato per i sentieri dietro i terreni di Don Josè Maria. Li conoscevo perfettamente e la cosa più importante era allontanarci il più possibile per non dar tempo a mia zia di trovarmi.

Dopo avere camminato per due giorni siamo arrivati ad un'osteria vicino a La Estrella.

Donna Nicasia ci ha preparato un nido per terra con dei sacchi da zucchero di canna e ci abbiamo dormito per qualche ora. Non avevo mai dormito con nessun altro prima d'allora, eccetto mia sorella, e ovviamente, mai con un uomo. Quando mi sono svegliata mi sono controllata il seno per vedere se c'erano delle righe viola come quelle di Nera, ma non c'era nessun segno di alcun tipo sul mio corpo. Donna Nicasia mi ha detto che Domingo era andato a Fredonia e sarebbe tornato tra due giorni. È tornato e l'ho riconosciuto a malapena. Non aveva Dario, i baffi erano tutti pieni di nodi come il pelo della scrofa e la voce non sembrava più come quando gridava, "Sono Domingo, l'indovino della domenica." Mi ha dato un pugno in bocca che mi ha spaccato le labbra e gonfiato la faccia per giorni e poi mi ha strappato da dosso l'unico vestito che avevo.

Si faceva la barba ogni mattina, si pettinava i baffi, si spazzava il cappotto e mi faceva lucidare i suoi stivali. Non mi parlava. Aveva detto a Donna Nicasia che l'avrebbe pagata per "il cibo della ragazza" alla fine del mese. Tornava ubriaco ogni notte e mi picchiava prima di violentarmi. Anche se la vecchia mi passava del cibo sotto la porta, non riuscivo a mangiare. Qualche volta ingoiavo un pochino di banana fritta che mi faceva ricordare la scrofa della zia e di come la povera bestia era imprigionata e poteva appena stare in piedi e masticare un pezzetto di banana fritta con i pochi denti rimasti.

Un giorno, la padrona, stufa di aspettare Domingo che non era tornato da tre settimane, ha aperto la porta della mia stanza che era stata chiusa con una corda e ha detto, "Alzati bimba. Smettila di piangere. Che Patasola [mostro di aspetto femminile con un piede solo] venga e si mangi quel Domingo vivo!"

Ho alzato lo sguardo e ho visto che Donna Nicasia teneva Dario in braccio. Me l'ha passato, lasciando la porta aperta. Dario non la smetteva di tossire ma Donna Nicasia ci ha curati tutti e due dandoci una bevanda di acqua, limone e zucchero di canna che preparava ogni giorno.

"Cara, sei veramente una bella ragazza e un paio di giorni di brodo di piccione ti farà stare meglio."

Domingo non è più tornato e non ne ho sentito la mancanza neanche per un secondo. Dato che non avevo vestiti, Donna Nicasia mi ha dato la giacca da militare di suo marito che era morto. Mia zia mi aveva insegnato a cucire e così ho disfatto quella reliquia della Guerra dei Mille Giorni e me ne sono fatta un vestito. Il tessuto era tutto consumato e aveva macchie di sangue ma le ho nascoste nell'orlo. I bottoni erano tutti marci ma li ho sostituiti con dei semi di palma d'avorio che avevo raccolto. Donna Nicasia aveva bisogno di aiuto per i pranzi, la stalla e il bucato all'osteria. Ero come una figlia per lei e anche se mi mancavano Nera, la mucca, Antonia, mia zia e la scrofa, mi trovavo bene nella mia nuova casa. Tanto non potevo ritornare perché le distanze erano enormi e le strade cancellate dai diluvi.

Mi sono abituata alla vita di osteria e poi i mulattieri mi davano le mance.

Decoravo fazzoletti per loro con tintura di avocado e loro li portavano a casa come bei regali per le mogli. E poi, mettevo da parte i noccioli degli avocadi e quando mi davano del tessuto lo stendevo sopra il nocciolo e pungendolo con un ago facevo uscire la tintura rossa. Siccome ero l'unica a sapere l'alfabeto e leggere qualche parola, mi pagavano bene per la loro ignoranza. Donna Nicasia aveva un albero di avocado nel cortile. Non era più alto dell'albero di caracolì dove il demonio aveva lasciato cadere Nera e che lei mi aveva mostrato una volta e giurato che era lo stesso benedetto albero. Gli avocadi colti dal quell'albero pesavano più di tre libbre ciascuno, dentro erano come il burro, e gocciolavano un sugo bianco latte quando li aprivo. Sono diventata così golosa di avocado che li mangiavo per la prima colazione, li affettavo con i fagioli, con le minestre, e mi lavavo perfino i capelli con un sapone di avocado che mi preparavo. Domingo mi aveva strappato i capelli a mazzetti, ma strofinando l'avocado sulle parti calve avevo fatto crescere delle nuove radici. Donna Nicasia me li faceva cogliere prima che cadevano dai rami dove sembravano vasi da notte appesi per il manico. Io li tagliavo a metà, levavo il cuore e usavo il nocciolo prima che si seccava perché se si aspetta troppo il colore non tinge.

I mulattieri venivano da Medellin, alcuni con scatole piene di pettini, pizzo e sigarette, altri trasportavano spedizioni di blocchi di zucchero di canna per terre sconosciute. Era un mondo di uomini che si spostavano da un posto ad un altro come ombre.

Quelli che arrivavano all'osteria dormivano come uomini, si ubriacavano come uomini, giocavano a carte e a dadi come uomini, raccontavano storie come uomini, e se ne andavano via come uomini. A volte pensavo che erano i muli a parlare e gli uomini che portavano i pacchi sulle spalle. Molto tempo dopo mi sono accorta del fascino del silenzio nei giorni di pioggia e dell'eco degli uccelli in luoghi nuovi. Era come un pellegrinaggio verso il silenzio. Gli unici intervalli consistevano nel suono delle voci e delle risate degli uomini radunati di notte intorno alla stufa all'osteria di Donna Nicasia. Ritornavano dalle terre nuove come stregati, con quello stesso sguardo di mio padre sui loro visi, ma molti pellegrini ci rimanevano per sempre.

Uno dei mulattieri che mi aveva chiesto di mettere le iniziali di sua moglie su delle lenzuola non è ritornato quell'anno. Però, aveva pagato in anticipo e allora glieli ho fatti portare da un suo amico. Venti mesi dopo è arrivato all'osteria con un carico di patate. Stava andando a Medellin per comprare munizioni e poi sarebbe tornato nelle terre nuove con dieci sacchi di blocchi di zucchero di canna.

Mi ha detto che sua moglie era morta ed era per quello che non era ritornato. Si chiamava Jesús, aveva gli occhi come un gatto, la pelle bruciata dal sole, aveva trent'anni più di me e... mi piacevano i fazzoletti che mi portava sempre da Medellin. Una sera l'ho visto che bisbigliava con Donna Nicasia e mentre gli stavo servendo dei fagioli mi ha chiesto, timidamente, come un ragazzino, se volevo andare con lui. Donna Nicasia mi aveva detto che era vero che era vedovo e che aveva sei figli più o meno della mia età. Ma la cosa più importante era che Don Jesús possedeva tanta proprietà nelle terre nuove. Donna Nicasia non mi aveva detto però che lui era stato in prigione per dieci anni per aver ucciso il sindaco di un villaggio e che ci volevano sei mesi a dorso di mulo per arrivare alla sua proprietà.

Ho detto a Jesús che ci avrei pensato e lui è tornato l'anno seguente per la mia risposta. Ho fatto un cenno con il capo e acconsentito ma a una condizione: la promessa di sposarmi in chiesa, non importava quale. Lui ha mantenuto la sua promessa ma solo dopo la nascita del nostro primo figlio e anche allora solo perché ero quasi morta nel parto. Il prete e il notaio c'erano tutti e due quella notte, uno per darmi l'estrema unzione e l'altro per preparare un testamento in cui io comparivo come moglie legittima di Don Jesús Martinez e che quindi mio figlio era erede. Ma solo il prete è rimasto con l'estrema unzione e ci ha sposati.

Don Jesús aveva bisogno di una moglie per crescere i figli e per il letto.

Io non ero proprio adatta a questo ma mi sono convinta che era meglio per me. Dopo tutto anche se vecchio era simpatico. Era come mio padre o almeno come mi ricordavo mio padre Lazaro. Jesús non mi ha mai rinfacciato di non essere vergine, tanto alla sua età non gli importava più. Dopo aver vissuto con Jesús non ho mai più avuto incubi di correre nuda per le montagne attraverso burroni lungo fiumi pieni di merda. Domingo mi è sparito completamente dalla mente.

Donna Nicasia ci ha dato la sua benedizione e io le ho dato Dario, il pappagallino.

DOMINGO

Il nostro corteo consisteva di venti muli carichi di cibo e un fucile che Jesús mi ha appeso dietro le spalle come regalo di nozze. Durante il nostro lungo viaggio mi ha insegnato a sparare e, per una principiante, la mia mira non era niente male.

CAPITOLO III

IL VIAGGIO

Era piovuto ogni giorno il primo mese. Sapevo che era aprile perché Jesús continuava a ripetere che queste erano le piogge della settimana di Pasqua. Il viaggio però, eccetto le fermate per sgranchirci le gambe e mangiare qualcosa, continuava ogni giorno fino a sera. Montavo una cavalla piuttosto larga e, non essendo molto pratica, per mantenermi diritta dovevo pigiare sempre i fianchi. Dopo due settimane ho imparato come fare e la cavalla nitriva grata. Per sua fortuna non pesavo molto e il mio bagaglio era solo una borsa con dentro il vestito che Jesús mi aveva comprato e le scarpe regalate da Nera.

La sera Jesús cercava un albero di ceiba per proteggerci dalla pioggia. Mi mettevo appicciata a lui come una zecca e dormivamo con le nostre bestie per stare più caldi. Non riuscivo a vedere la sua faccia ma sentivo il tabacco nel suo alito. Jesús mi raccontava storie di caccia in montagna, come la volta quando i suoi muli erano stati portati via da un fiume in piena ma lui era miracolosamente riuscito a salvare non solo la vita ma anche fortunatamente il suo fucile e così poteva andare a caccia e sopravvivere. C'erano giaguari in quelle montagne che si nascondevano tra i rovi ma Jesús, che era come un gatto, era capace di vedere il luccichio negli occhi dei suoi parenti felini. Mi ha raccontato come una volta mentre stava ricurvo a bere in un ruscello ha avuto la sensazione di un animale molto vicino che stava furtivamente inseguendo la sua preda, cioè lui. Senza pensarci su e con una mira velocissima ha sparato un colpo secco in faccia al felino selvatico. Questo gli ha dato sufficiente cibo fino a quando non ha incontrato dei cacciatori di tesori. Jesús non aveva bisogno di convincermi del suo coraggio. Ero completamente presa dalle sue storie.

Ci alzavamo ogni girono all'alba. Preparavo il caffè per tutti su un veloce fuoco da campo. All'inizio abbiamo viaggiato da soli ma dopo la quarta settimana un altro gruppo di mulattieri in viaggio verso le terre nuove si è unito a noi e così la carovana è diventata più grande. Non avevo idea da quanto tempo ci arrampicavamo su per questi sentieri fangosi di montagna, ma sono quasi morta dalla paura quando mi sono girata e ho guardato giù. Jesús mi aveva detto di guardare sempre dritto davanti e non preccuparmi. Ora però mi pareva di avere gli occhi dietro la testa.

Era come se la distanza tra il mondo che avevo lasciato e la nuova me viaggiatrice si allungava sempre di più con i vuoti formati dagli abissi che, grazie a Dio, non ho più rivisto. Con ogni passo della mia cavalla la terra color arancione si trasformava. Ogni sasso, ogni felce antica, ogni millimetro cubo di acqua che colava per le fiancate delle montagne la cambiava mentre andavamo avanti e abbandonavamo la mia vita vecchia come un guscio d'uovo.

Jesús aveva imparato a leggere i segni del mio panico ma questa volta voleva fermare la carovana solo quando arrivati in cima alla montagna. Ci abbiamo passato la notte e lui ne ha approfittato per andare a caccia con gli altri uomini. E loro hanno insistito che dovevo stare con i muli stanchi morti dal lungo viaggio!

Di notte sentivamo il muggire dei tapiri, lo svolazzare di enormi falene con occhi da gufo e lo squittio gioioso dei pipistrelli quando atterravano sulle canne delle bananine. Jesús aveva una paura pazza di quegli uccelli notturni. Li chiamava vampiri perché succhiavano il sangue alle bestie, mordendo specialmente alle gambe dei muli. Quello che lo preoccupava più di tutto di quelle creature della notte era non aver modo di poter salvare le loro vittime umane. Uno dei suoi mulattieri era morto durante uno di questi viaggi perché non era stato soccorso in tempo e il poveretto era morto dissanguato.

Jesús mi ha detto che anche lui era stato morso una volta da un vampiro sul pollice del piede destro. Aveva però lavato la ferita con acqua bollente e poi tagliato via la carne con il suo coltellino. Ha detto che la cosa principale era di impedire alla saliva del pipistrello di entrare nella ferita perché altrimenti il sangue non si coagulava e il ferito moriva per la perdita di sangue. Un altro metodo per fermare l'emorragia era di mettere la cenere o fondi di caffè sulla ferita. Allo stesso tempo, però, Jesús aveva una voglia irresistibile di carne di pippistrello. Quando li cacciava, gli tagliava la testa e li faceva stufati. I vampiri erano bianchi e grassi e se non era per il muso e gli occhi protuberanti si potevano scambiare per faraone. Personalmente non li ho mai assaggiati, ma Jesús ha detto che se non era per le loro abitudini sanguinarie, lui li avrebbe allevati perché costavano meno delle galline e dei tacchini e mangiavano banane. Quando li catturava vivi, me ne portava uno e faceva tenere un'ala da un uomo e l'altra da un altro uomo mentre lui accendeva una sigaretta e la offriva alla bestia. Era sorprendente vedere come non solo non resisteva ma fumava la sigaretta con quello che sembrava vero gusto. Jesús e gli altri uomini si divertivano con questi giochi da bambini e credevano che anch'io avrei riso con loro, ma lo trovavo disgustoso come vedere muli morire in una pozza di sangue.

Le formiche non distinguono tra il giorno e la notte e i loro eserciti si mobilizzano con delle strategie organizzative che usano per scortecciare il tronco anche di un enorme albero di ceiba. Ci sono così tanti tipi di formiche: nere, marroni, bionde, rosse, alcune piccole ed altre tanto grandi da poter far girare una palla di letame di cavallo. Le formiche mi entravano in borsa e nei pantaloni, nelle foglie in cui la carne era rigirata, nelle canne dei fucili e nelle ciglia dei muli. Di conseguenza mi sembrava di vederle dappertutto e quando non avevo di meglio da fare seguivo le loro tracce. Ognuna dei milioni di formiche che mi passava davanti agli occhi portava un pezzetto di foglia o un'ala di grillo. Se il carico era molto pesante, lo portavano in gruppo come i più forti minatori di Angelopolis si caricano la Vergine sulle spalle e la portano in collina all'altare della chiesa durante le processioni di Pasqua. Ogni insetto trasportava un carico. Per esempio, infilavano una guava intera nelle loro gallerie e sembravano avere infilato l'anima degli alberi nei solchi che facevano nell'argilla. Jesús considerava le formiche un flagello. Nella stagione delle piogge soprattutto. Altre formiche erano grandi come api con una puntura micidiale. Ho imparato a distinguirle e, cosa più importante, ad evitarle.

Jesús s'era preso alcuni cani da caccia all'osteria di Donna Nicasia. Erano bracchi dagli orecchi lunghi e il pelo folto e riccioluto. Non avevo mai visto cacciatori bravi come loro. Quando cacciavano diventavano il centro dell'attenzione e ci guidavano loro. Usavano i musi come occhi anche per noi. Trovavano nidi dappertutto e li distruggevano cercando pulcini o uova. Era come allenarsi per una corsa.

Jesús mi aveva detto di non farmi ingannare dagli occhi che brillavano nel buio. Non appartenevano solo agli ocelot ma anche ai topi, alle donnole, ai conigli ed agli opossum. Le pupille dei felini, però, brillavano in un modo speciale e l'animale doveva essere cacciato prima che balzava. Ero stata io la prima a notare questo perché avevano quello stesso sguardo che aveva Jesús quando era nervoso. Una bestia ha attaccato alla gola uno dei cani e l'ha ammazzato nel giro di pochi secondi. È stato tutto così veloce che non so né quando né come ho sparato all'ombra che mi passava davanti agli occhi. L'ocelot, che era una femmina, giaceva morta con le zanne ancora nella gola del cane. Gli occhi di Jesús brillavano nel buio in contrasto al pallore del suo viso. Gli altri uomini hanno spostato la bestia che pesava almeno cinquanta libbre e che secondo Jesús aveva circa tre anni. Il pelo era bellissimo con grandi macchie nere sulla testa, sul dorso e sulle zampe e che diventavano più piccole verso la pancia e la gola. I suoi artigli mi hanno fatto pensare ai segni sui seni di Nera perché le righe sul suo petto erano così sottili e allo stesso tempo tanto micidiali che non sembravano il risultato di una bambina che si grattava durante una crisi epilettica. Era come se l'ocelot s'era appuntita gli artigli ogni giorno affilandoli su un albero di noci.

Naturalmente la pancia dell'ocelot era vuota cosa che spiegava come mai aveva attaccato il cane fregandosi delle conseguenze. Gli uomini hanno detto a Jesús che portava sfortuna portare una donna a caccia, specialmente una con una voglia rossa sulla guancia sinistra. A dire il vero non mi ricordavo cosa avevo in faccia e sono stati loro a farmi pensare alla voglia e al mio sesso. Jesús amava quella voglia ereditata da mio padre che lui diceva era come un lampone sempre maturo. Non avevo mai visto i lamponi e più tardi quando me li ha fatti vedere a Salento ho creduto che si faceva burla di me.

La differenza tra la mia voglia e quella di mio padre era che lui l'aveva sul braccio destro e la mia sembrava una goccia di sangue su un fazzoletto bianco. Ero molto pallida e la voglia sembrava un lampone solo quando era molto caldo. Non ho mai visto la voglia di mio padre né quella sulla guancia di mia nonna perché non l'ho mai conosciuta. Mia zia ha detto che era il segno di Lazaro, che era il nome di famiglia dalla parte della mamma di mio padre.

I cacciatori e gli altri mulattieri hanno convinto Jesús che era meglio che io, essendo una donna con una voglia rossa, stavo con i muli quando andavano a caccia. Anche se avevano smesso di portarmi con loro quando cacciavano di notte, facevo pratica a sparare quando non c'era nessuno vicino. Durante il nostro lungo viaggio gli uomini avevano catturato solo qualche anatra selvatica, alcuni paca, della piccola cacciagione e delle scimmie. Non riuscivo ad abituarmi a vedere mio marito che, con una testa di scimmia tra le mani, con i denti ne sbranava la carne del teschio.

Scuoiavano, tagliavano e salavano la carne di scimmia. Il sale era il tocco magico per curare la carne avanzata che rigiravamo in foglie affumicate. Dopo un po' mi è diventato difficile distinguere tra una coscia di scimmia e quella di un'anatra. Bollivo i fagioli e cucinavo la cacciagione antropomorfica con cedro. I cedri pendevano dalle palme e mi arrampicavo per coglierli. Jesús scuoteva il tronco mentre mi aggrappavo ai rami. La frutta matura e i cedri cadevano per terra senza rimbalzare. Mi mettevo a gridare e lui mi diceva che avrei spaventato i pappagallini con le mia urla.

Usavo le budella delle scimmie per fare salsicce che tenevano il sapore per settimane, infatti più duravano più erano buone. Niente veniva sprecato. Spesso vedevo i mulattieri succhiarne le dita e io stessa non potevo riconoscere la mano di una scimmia da quella di una persona. Jesús sgranocchiava anche le ossa delle dita delle scimmie. In quanto a me, mi piaceva una zuppa che facevo di zucca e colombe cacciate da me. Jesús mi aveva insegnato a scartare le spine dei fichi d'india e cucinarne la carne.

Il viaggio era particolarmente noioso e quasi insopportabile quando passavamo per le valli senza alberi. Era impossibile trovare riparo dal sole e cominciando la mattina prestissimo la luce si infiltrava negli occhi chiusi e per molto tempo mi sembrava di non avere dormito perché ero sempre esposta a un riverbero senza fine. Era come se il buio non esisteva più in quei tratti di terra brulla. Ci placavamo la sete con una bevanda che Jesús mi aveva insegnato a preparare. Consisteva di gocce di acido citrico spremuto da limoni e sciolto in acqua. Quando era troppo amaro, ci aggiungevo un pezzetto di zucchero di canna. Jesús inoltre portava nella sua borsa di pelle della chinina, dell'oppio e una piccola bottiglia di alcool di mais da usare come disinfettante nel caso di morsi di serpente. Tra i serpenti più pericolosi c'erano quelli chiamati "tiri" che erano lunghi mezzo metro e entravano nei cespugli per attaccare la preda. Avevo già visto diversi muli cadere a terra dopo averne calpestato uno e essere morsi. Si chiamavano tiri perché erano micidiali come una pallottola per via della loro mira perfetta. Se la vittima non era curata subito l'avvelenamento era inevitabile. Ho visto Jesús costretto a sparare a diversi animali perché soffrivano degli effetti del veleno. Altri mulattieri avevano visto serpenti con la testa grande due volte il pugno di Jesús e uno dei suoi lavoratori fidati ha raccontato come una volta aveva visto uno di loro alzare la testa in un campo di mais e di avere avuto troppa paura di avvicinarsi. C'erano serpenti nei fiumi e quando si attraversava dovevamo stare attenti perché il loro morso poteva far impazzire un cavallo e anche uccidere un uomo non abituato a averci a che fare.

Quasi sempre riempivamo delle zucche vuote con l'acqua piovana nelle valli. Conservavamo l'acqua caduta in cisterne fatte lì. Si faceva un buco per terra che veniva foderato con foglie di banano e si raccoglieva così l'acqua piovana. Usavamo quell'acqua quando non eravamo vicini a un fiume. Però, anche se molti mulattieri sanno tanto quando si tratta della purezza dell'acqua per uomini e animali, succede quasi sempre che a uno o all'altro viene la febbre, la diarrea o il vomito. Jesús mi aveva proibito di bere l'acqua di certi ruscelli, soprattutto se la corrente era nera e aveva detto di non bere assolutamente mai l'acqua stagnante delle paludi anche se morivo di sete.

Di notte ci proteggevamo dalle zanzare con le reti anche se il caldo non ci lasciava respirare perché era meglio sudare che avere la malaria. Avevo visto molte croci lungo il nostro viaggio. Alcune avevano le iniziali, altre no. Una delle prime incontrate era quasi intatta. Dapprima non l'avevo notata tra le erbacce, ma era abbastanza dritta e in buone condizioni nonostante il sole e le formiche. Mi ha fatto impressione la sua grandezza e quanto era liscio il legno. Non era come le altre croci lungo la strada e Jesús era sicuro che non era la tomba di un mulattiere ma quella di un cacciatore di tesori che invece di trovare l'oro aveva trovato una malattia. Jesús era anche un cacciatore di tesori professionista. Secondo lui molti erano spavaldi e non si rendevano conto dei pericoli in montagna. Alcuni degli uomini in altre sue spedizioni erano morti di febbre e dissenteria. C'era stato appena tempo di seppellirli, ma questa tomba sembrava essere quella di un capo di cacciatori di tesori. Una volta arrivati al villaggio più vicino i superstiti del gruppo avranno avvisato le autorità e il prete avrà detto una messa in latino per tutte le anime dato che non venivano denunciate o indagate.

C'era anche un'altra tomba che non posso dimenticare, quella di una neonata. C'era un promontorio vicino a un fiume alta quasi un metro dove tutti i sassi erano piazzati in modo da sembrare un unico blocco. Chi aveva preparato la sepoltura voleva essere sicuro che nessun temporale avrebbe cancellato la memoria di una vita, e secondo i dati incisi sulla croce di legno di guava, si capiva che era di una neonata chiamata Alcira. Tre giorni dopo la nascita era morta anche la madre perché un poco più in là ho trovato un'altra tomba con una croce e il nome Alcira.

Jesús non si era stupito di trovare una serie di morti lungo la via. Inoltre le tombe servivano come segnali sul cammino, lasciando sempre traccia della lotta contro alluvioni e siccità. Alcune di quelle donne avevano, come me, fatto il tragitto verso le terre nuove con i mariti e i figli. Altre erano rimaste incinte a metà strada, ma molte non erano arrivate a destinazione. Jesús era immune alla malattia ma non io e, siccome il viaggio sembrava non finire mai, spesso mi domandavo se sarei finita in una tomba di sassi come quelle. Jesús capiva la mia disperazione e cercava sempre di tirarmi su di morale con uno sguardo rassicurante. Eppure per quanto tempo possono resistere un corpo e la pazienza? Ero già ansiosa di arrivare in un posto e restarci, non importava se era in cima a un albero di ceiba per sfuggire ai serpenti tiri. Avevo un bisogno urgente di arrivare qualche posto e ficcarmi in terra come una croce, non per dimostrare che ero morta, ma piena di vita. Jesús, però, insisteva che saremmo arrivati a Anserma in poche settimane. Rideva e diceva che una donna che non si lamenta è un uomo.

Tuttavia, non mi lamentavo della pioggia. Piuttosto il mio animo trovava sollievo nella musica delle gocce sulle foglie e delle rane che guardavano il cielo mentre l'acqua inondava le loro case. Mi lamentavo invece per il fatto che Jesús non sembrava preoccuparsi per niente di arrivare in un luogo fisso. Quando trovavo uno scheletro di rospo mi sentivo dentro che quelle ossa erano appartenute a una delle creature della natura. Chi avrebbe riconosciuto il mio scheletro se nessuno mi conosceva da qualche parte? Naturalmente non era facile riconoscere le ossa di un rospo perché erano così grandi che uno poteva confonderle con quelle di un cucciolo. Jesús mi aveva insegnato a riconoscere i loro differenti suoni e a quale famiglia appartenevano. C'erano i rospi velenosi che rilasciavano muco biancastro. Una notte quando mi sono alzata per andare a pisciare ho pestato una di quelle creature e la mia gamba destra si è coperta di bava lattea. Jesús me l'ha lavata subito con il suo alcool di mais ma si è gonfiata lo stesso. Anni dopo ho maledetto l'aver voluto uscire al buio perché non mi piaceva usare il vaso da notte. Credo che la mia vena varicosa viene da questa mia ostinatezza e non dalla bava del rospo. Il rospo gigante marrone e giallo è innocuo. La carne non ha sapore e deve essere condita molto.

CAPITOLO IV

IL LIGNUM VITAE

Anserma ha poche case e assomiglia parecchio a Angelopolis. Ci siamo rimasti per un paio di settimane per cambiare i muli, comprare sale, tabacco, munizioni e dei bracchi. Erano tre mesi che viaggiavamo e ce ne volevano almeno altri tre se i temporali ci permettevano di mantenere il cammino. Non avevo nessun'idea della destinazione finale e non me ne importava dato che la mia vita veniva consumata dal continuo andare a caccia, attraversare ponti pensili, dover abbandonare animali da soma perché i sentieri erano così mal ridotti dalle alluvioni da poter essere usati solo procedendo in fila indiana e gli alberi erano così enormi che ci potevo incidere l'alfabeto con il mio coltellino tutto intorno al tronco cinquecento volte per non dimenticarmi le lettere. Uno degli alberi che mi piaceva più di tutti era il lignum vitae che Jesús chiamava il palo santo. Era meno alto di un noce ma il suo legno era duro uguale. Se ci passi le mani sul tronco si tingono di verde.

Mi piacevano le foglie che assomigliavano a quelle dell'albero di madrona, ma vedere un lignum vitae tutto in fiore, giallo tra i fichi, i bambù e le sapote interrompeva la monotonia del viaggio che mi passava davanti agli occhi. Jesús non era interessato alla frutta gialla ma alla corteccia che strappava dal tronco, tagliava a pezzettini e lasciava al sole per un paio di giorni. Mi ha detto che la cura migliore per i bernoccoli era di cucinare i pezzettini in acqua bollente, farli filtrare attraverso un telo e bere il succo. La bevanda del lignum vitae funzionava solo se presa a stomaco vuoto. Jesús mi ha anche detto che aveva imparato la ricetta dagli indiani perché li aveva visti di persona curare malattie gravi con questa bevanda.

Ma la cosa interessante è che è stato precisamente in un lignum vitae tutto in fiore giallo, come il mantello della Vergine, che ho visto per la prima volta un animale che sembrava un orso che dondolava da un ramo in cima all'albero. Era impossibile non vedere il suo corpo robusto tra i fiori e il suo strano comportamento che stava nel fatto che neanche le mie urla lo avevano svegliato. Le sue quattro estremità erano aggrappate al ramo e la testa dondolava giù come una coda. Jesús mi si è avvicinato e m'ha detto di lasciarlo stare perché era in un sonno profondo e per dimostrarlo, lui e gli altri uomini si sono messi a scuotere l'albero. L'animale era un bradipo. Si muoveva molto molto lentamente perché ce la faceva appena a stare dritto. Questo l'ho visto con i miei occhi perché Jesús è salito sul lignum vitae e l'ha portato giù sulle spalle. Tutte e quattro le zampe erano lucide e quelle davanti avevano artigli come un uccello. Aveva un collo lungo e una testa piccola con una faccia che pareva un gufo incrociato con una scimmia. La bocca era piccola e mangiava foglie ma solo ogni tanto perché poteva andare avanti per settimane intere senza mangiare. La cosa più incredibile, però, era che riusciva a restare vivo. La notte cantava una canzone che mi faceva spavento perché sembrava il pianto di Madre Natura. La voce si sentiva solo quando faceva buio perché di giorno la creatura non era che uno stupido sacco di peli grigi e bianchi che dondolavano da un albero. Di bradipi ne abbiamo visti altri, ma ce ne siamo sempre dimenticati perché erano così silenziosi.

Se il bradipo aveva il lignum vitae come casa, non c'era nessun posto per me dove poter riposare e cantare con la serenità di quell'animale. Mi sono convinta che, o a piedi o a cavallo, il mio destino era di essere sempre in moto. Era come se l'idea di permanenza era solo un sogno e che muoversi era quello che mi toccava.

In alcuni tratti dovevamo aspettare giorni interni finché I fiumi in piena si abbassavano. Maggio era il mese peggiore e pregavo sempre Santa Barbara di calmare l'ira di Dio. Delle volte il fiume inghiottiva i muli perché i blocchi di zucchero di canna li trascinavano sotto. Altre volte dovevamo lasciare gli animali dall'altra parte di un burrone perché ne aspettavamo altri in sostituzione. Mi sono trovata spenzoloni in un'altalena fatta di vite e ho preferito non guardare giù verso il fondo del fiume. Jesús era proprio bravo a fare i nodi e poteva fare una sedia in un battibaleno. Portava sempre delle corde nel suo zaino e le usava per fare ponti, tirare giù i bambù e i tronchi d'albero, trascinare i trofei di caccia o legare i banditi.

Era raro incontrare gente in quelle montagne e se vedevi qualcuno era quasi sempre un cacciatore di tesori ma un pomeriggio mentre aspettavano la fine di un temporale è apparso un uomo basso che poteva passare per ragazzo se non per la voce. Era molto magro e chiudeva gli occhi quando parlava. Ha detto a mio marito che era un cacciatore di tesori che stava viaggiando con un gruppo di altri venti uomini ma era rimasto staccato da loro e ora non riusciva a trovarli. Jesús non ha detto niente ma gli ha permesso di passare la notte con la nostra carovana. Più tardi Jesús mi ha confessato di avergli permesso di rimanere perché credeva che era l'ebreo errante. Quello, Jesús mi ha spiegato, era un uomo che viaggiava il mondo intero e non si fermava da nessuna parte.

D'istinto non mi riusciva credere all'idea che una persona poteva spuntare all'improvviso fuori dal nulla in questa terra di nessuno e inoltre che era possibile per lui sopravvivere senza cavallo, fucile o un blocco di zucchero di canna. Mi era venuta la pelle dura come quella di un giaguaro e il mio corpo respingeva le zanzare. Un uomo così gracile non poteva proteggersi dalle febbri di malaria così frequenti in questo clima. Jesús raccoglieva erbe di tutti i tipi – sconosciute a me – mentre camminava. Le teneva in un sacchetto e quando qualcuno di noi si ammalava lui prendeva le sue erbe, le macinava, e faceva bere il loro succo verdastro al paziente. Ho imparato da lui il valore del platano per curare i nervi, della coda di cavallo per i dolori al rene, del dente di leone per la digestione, dei fiori di arancio e limone come rilassanti e naturalmente per il cuore di usare l'aglio che non era facile a trovare ma non impossibile.

L'uomo con il corpo da ragazzo è rimasto con noi per diverse sere. Di giorno spariva. Jesús non si preoccupava di questo ma quello che gli dava fastidio era non poter confermare i suoi sospetti sull'identità di questo vagabondo. Quando gli chiedevo dove andava, mi rispondeva che voleva controllare i colori della terra per calcolare le possibilità di trovare una tomba da queste parti. Siccome lui stesso andava a caccia di tesori, Jesús sapeva bene che era impossibile trovare tombe indiane con tesoro seppellito in queste terre. Mio marito non mi perdeva mai di vista durante la notte e da parte mia li osservavo tutti e due. Anche se Jesús mi aveva dato i suoi vestiti da mettermi per non attirare attenzione degli uomini, aveva notato che alcuni di loro mi guardavano quando mi toglievo il mio cappello a cencio e i miei lunghi capelli si scioglievano. Il mio vestirmi da uomo funzionava di giorno, ma di notte quando era appena possibile distinguere le facce al lume di candela, non riuscivo a nascondere la mia femminilità.

Ma cosa voleva da noi? Un animale, un fucile o qualche pezzo di maiale? Mangiava foglie e ghiande che raccattava durante le sue escursioni giornaliere e un giorno ha accettato una salsiccia da me, ma penso solo per non rifiutarla perché dopo ho visto che la mangiava uno dei cani. Una notte prima di rimetterci in cammino, ora che il fiume si era abbassato, Jesús ha detto all'uomo che andavamo a Anserma e che poteva venire con noi se voleva e da lì sarebbe stato più facile per lui ritrovare il suo gruppo.

L'uomo non gli ha risposto ma ha chiuso gli occhi come per evitare un contatto con il mondo. Quando mi sono svegliata per via del freddo alle tre della mattina mi sono accorta che l'uomo non c'era più. Come temevo, aveva rubato la mia cavalla, il fucile di Jesús e due scatole di cartucce. Ho svegliato Jesús e lui ha svegliato gli altri. Jesús aveva sempre un coltello legato alla gamba destra e ero certa che lo avrebbe inseguito e trovato anche se era andato verso il fiume. Era solo questione di poche ore. Mi marito conosceva ogni millimetro di quei labirinti frondosi e era così arrabbiato che faceva fatica a sputare.

L'uomo non era andato molto lontano quando Jesús l'ha beccato mentre stava cercando di attraversare il fiume. L'ha preso, gli ha legato le mani dietro la schiena e quasi trascinandolo con una corda legata al cavallo l'ha consegnato al sindaco del villaggio. Jesús mi ha reso la puledra dicendomi che questa creatura doveva essere per me come un secondo innamorato, il primo era il mio fucile, e che nessuno dei due doveva essere mai perso di vista.

L'uomo era scappato dalla piccola prigione del villaggio dove stava scontando una pena di cinque anni perché era un bandito.

CAPITOLO V

SALENTO

Avevo diciotto anni la prima volta che ho visto un nero. Non ho nessuna idea della sua età perché la sua pelle era liscia come la mia. È stata una scoperta incredibile perché il posto da dove veniva, come pure il mio mondo fino ad allora, non mi aveva lasciato il ricordo di un essere umano diverso da quelli ai quali ero abituata. Jesús era di color cannella che gli faceva risaltare gli occhi verdi. Gli altri uomini erano abbronzati dal sole e ero l'unica con la pelle ancora bianca. Credo che il nero aveva pensato che ero un uomo anch'io perché il cappello che portavo per riparami dal sole e i pantaloni erano di Jesús. Inoltre era insolito per una donna di viaggiare con una carovana di mulattieri. L'ho visto passare mezzo nudo e non sapevo se era sporco o meno. Jesús mi ha detto che era un minatore da Marmato e anche se non lo conosceva perché lui era stato a Chocò, pensava che era strano che uno di loro si era staccato dal gruppo. L'uomo era passato vicino alla mia puledra e camminava con la testa giù senza badare a me. Sembrava non essere in terra sua oppure che avevamo invaso il suo territorio personale.

Jesús lo ha salutato per darmi l'opportunità di vedere la sua faccia e il nero ha risposto con un sorriso inaspettato. I suoi denti erano abbaglianti e i miei orecchi si sono abituati alla sua voce. Aveva un accento diverso e le sue mani erano grandi come un albero di ceiba. Mio marito gli ha chiesto delle cose ma sentivo solo il suono della sua voce senza capire le risposte. Stava, infatti, andando alle miniere mentre noi andavamo a Salento. Ha fatto un gesto di addio con la mano e se n'è andato.

Ho fatto un bagno prima dell'alba in un ruscello di acqua gelata. Non volevo farmi vedere da Jesús con gli occhi lucidi. Non ero preoccupata per le mie mestruazioni perché già altre volte mi erano mancate per mesi. Jesús, naturalmente, si è allarmato perché pensava che ero incinta e voleva arrivare alle terre nuove il più presto possibile. Fortunatamente era solo un ritardo, ma le eccezioni fanno la regola. Una settimana dopo ero tornata normale grazie alle erbe che Rosaria, la sua figlia piú piccola, mi aveva dato e alle mie preghiere alla Santa Vergine.

A volte Jesús mi faceva sedere dietro a lui sul suo cavallo e stavo lì appiccicata a lui come una zecca. La foschia filtrava i raggi del sole e per intere ore di viaggio non riuscivo a vedere Jesús che mi era lì accanto. Quella campagna era proprio così. Era come galleggiare e di tanto in tanto i rami più alti ci accarezzano le facce come manciate di fiori nelle nuvole. I tronchi dei palmi erano molto alti e sparivano nel bianco del cielo. Non ci abitava nessuno in quelle terre e per settimane intere non vedevamo neanche una persona della nostra carovana. Spesso Il freddo della landa mi gelava fino all'osso e Jesús doveva rianimarmi con una pozione amara fatta di zucchero canna. Spesso mi sentivo come se la testa stava per scoppiarmi ma Jesús sapeva come curare il mal di montagna. Nei momenti di piú grande dolore pensavo che avrei fatto meglio a tornare all'osteria di Donna Nicasia ma ormai non sapevo più la strada all'indietro. Dopo che i miei muscoli si rilassavano ero come una sonnambula e Jesús doveva mettermi a cavallo con lui. Non ricordo quanti giorni sono rimasta in quello stato di delirio prima di arrivare a Salento. Jesús ha venduto parte del carico di blocchi di zucchero di canna, tenendone un po' per noi. Poi ha comprato dieci sacchi di patate e dei nuovi animali da soma perché avevamo ancora molta strada da fare.

Non capisco proprio come le prime persone sono arrivate in questa regione e ancora meno come hanno fatto a sopravvivere. Qua e là nella desolazione di questi pendii montagnosi verdi si vedevano dei fiorellini gialli che morivano il giorno dopo. Poi, una volta molto lontana da lì, ho scoperto che l'attrazione stava nell' atmosfera seducente.

Non ci si rendeva conto del grande silenzio del paesaggio, dell'aria fresca o dell'armonia dei profili delle montagne. Stavamo andando lungo la cresta dei picchi bianchi di dietro e l'inizio delle terre nuove c'era davanti. I pochi abitanti della zona abitavano in un paradiso che non erano capaci di vedere. Chiudevano le finestre molto presto e le aprivano all'alba per fare entrare l'aria perché la nebbia copriva le cavezze, le mani, i gesti, le risate, i poncho, i cappelli, le cinture, le staffe, i formaggi, il fumo, la cioccolata, i fiori campestri, le bacche, le oche, i cani, i muli e la croce bianca in cima alla montagna.

Piano piano stavamo scendendo dalle nuvole, costeggiando un antichissimo fiume di pietre e non potevamo fermarci prima di salire un'altra montagna. In lontananza, una sinfonia di tonalità di verdi si ripeteva all'infinito e la mia voce interiore si riconosceva in ogni variante del colore. I miei capelli erano diventati più voluttuosi, le rughe sul mio viso più solcate, e le mie braccia erano di acciaio. Jesús era occupato con la mandria ma mi controllava a vista. Lo aiutavo sempre nel far attraversare gli animali da soma, sellare i cavalli e medicarli per le punture degli insetti. Ero pronta quando ne aveva bisogno. E lui mi trattava come una figlia, la preferita.

La mia vita non era noiosa perché ogni giorno era diverso e il tempo e lo spazio erano fusi insieme. La mia cavalla ha partorito prima di me e mi è toccato assisterla perché Jesús era a caccia. Le acque della poveretta si sono rotte troppo presto facendola quasi morire per la perdita di sangue. Fortunatamente sono riuscita a salvare sia mamma che figlio. La prima cosa che ha fatto è stato leccare me e poi ha ripulito il suo neonato. Questa è stata la mia introduzione a come nascono i bambini siccome nessuno me l'aveva mai spiegato. A dire la verità fino ad allora non sapevo da dove uscivano. L'unica cosa che ho voluto è di avere una levatrice brava quando era la mia volta.

Jesús era ansioso di arrivare e ha cominciato ad andare più veloce. Quanto a me, mi ero dimenticata che eravamo diretti a un posto specifico, non perché non me ne importava, ma perché avevo perduto il senso del passare del tempo ed ero tanto presa dalla mia cavalla. Secondo Jesús ci avevamo messo un mese più di quanto calcolato. Saremmo arrivati all'hacienda in tre settimane e lì ci aspettavano i suoi sei figli e tanto lavoro.

SECONDA PARTE

CAPITOLO VI

LA CASA

La casa, a forma di L, stava in cima a una collina. Non era stata pitturata da tanti anni ma una volta le porte e le finestre erano color gelso. La casa era una rovina anche molto prima della morte della moglie di Jesús. Alcune stanze, come la mia, avevano i pavimenti di legno, le altre di terra dura come il marmo. La cucina e i corridoi erano decorati con cornicioni dato che erano le parti più importanti della casa. Jesús ci aveva messo una stufa a legna che occupava tre quarti della stanza. La cucina aveva anche una finestrina per passare il mangiare alla sala da pranzo e il portone era sprangato di notte per tener fuori le bestie affamate. Siccome non c'era un camino, il fumo passava attraverso le crepe nel muro. I mattoni che separavano la camera da letto, come pure la facciata e il dietro della casa, erano fatti da un miscuglio di concime e terra. Il letame del bestiame veniva usato come materiale edilizio che solidificava la struttura di bambù con il passare degli anni. La casa non aveva bisogno di riscaldamento perché il vapore delle minestre insieme alla protezione data dai muri fatti di letame fornivano sufficiente calore durante gli inverni piovosi.

All'inizio dormivo con Jesús nello stesso letto di ottone della moglie morta, ma con il passare del tempo ho cambiato le cose per poter andare nella camera accanto che veniva usata come ripostiglio per le zappe, le pale e i picconi. Non c'era un'apertura tra le due camere e per entrare nella mia bisognava passare per una porta nel corridoio principale. Ma Jesús aveva buttato giù parte del muro di fango e canna e mi veniva a trovare di notte quando riuscivo a vedere solo i suoi occhi da gatto.

Il figlio maggiore di Jesús, Jesús Maria, aveva sei anni più di me; il secondo quattro anni di più e così via fino alla minore che poteva farmi da sorellina. Barbara, Carmen e Rosaria erano le figlie più giovani e assomigliavano alla loro mamma perché non avevano per niente la fisionomia del padre. Il terzo figlio era quello che gli assomigliava di più sia negli occhi che nell'atteggiamento verso il mondo. Senza dubbio le passioni che li univano come gemelli erano l'amore per il pericolo, i cavalli e le donne. Jesús, però, era un lottatore nato mentre Israelino era un perdente nato.

Jesús Maria mi ha trattato con sospetto dal primo giorno che ho messo piede in quella casa. Miguel non mi considerava mamma e mi trattava come un'altra sorella. Israelino cercava di ignorarmi ma i suoi istinti hanno avuto la meglio. Barbara non ha esitato a farmi sentire un'estranea di passaggio. Mi ha gridato che Jesús mi avrebbe usata per un pochino e quando non gli servivo più mi avrebbe cacciata via come un gatto randagio. Carmen mi ha tradito sin dall'inizio e da Rosaria ho imparato come dominare un uomo, con la tortura se necessario.

All'inizio gli uomini badavano al bestiame e le donne lavoravano in cucina e facevano il bucato nel fiume. Jesús è cambiato un po' alla volta dopo il nostro arrivo. Mi teneva a distanza davanti ai suoi figli ma quando eravamo soli era un amante molto affettuoso. Stava via la maggior parte del tempo andando a caccia con i figli. Non ero più al suo fianco giorno e notte come durante il nostro viaggio. Mi mancava perché non sentivo più di averlo come protettore. Al contrario, Carmen mi faceva da angelo custode. Mi seguiva da tutte le parti, anche nella latrina. Era diventata la mia ombra e avvertivo la sua presenza anche nei miei sogni. Una notte mi sono resa conto che cercava di spiare quando parlavo con Jesús perché l'ho beccata con l'orecchio alla porta. Le ho chiesto cosa stava facendo lì nel buio e mi ha risposto che era a caccia di scarafaggi.

Era difficile per me accettare l'idea di vivere tra donne perché l'immagine di femminilità che avevo in mente era legata alla memoria di Nera. Anche se sapevo che non era di questo mondo, mi piaceva la sua pazzia e come usava le fotografie per inventare storie d'amore. Ma dopo tutto lei aveva il lusso del tempo per immaginarsi la vita mentre io godevo il canto dei pappagallini, il lento camminare delle mucche gravide, il fumo in cucina che mi faceva lacrimare gli occhi e l'odore da scimmia di mio marito. Ma non ero uno dei personaggi delle storie di Nera. Ora mi trovavo tra donne che parlavano come donne, ridevano come donne e ti pugnalavano alla schiena come un uomo.

Per affermarmi mi sono insediata in cucina perché se volevo mantenere viva la passione di Jesús dovevo assolutamente controllare la sua dieta. Barbara e Carmen non hanno resistito e Rosaria mi aiutava a separare e macinare il mais. Mi ha fatto impressione la naturalezza di Rosaria nel parlare di uomini. Era come se era stata sposata in un'altra vita e sapeva le debolezze di ogni uomo al mondo. Mi consigliava come trattare suo padre, che risposte dare per fargli credere di aver ragione, cosa discutere e cosa no davanti a lui e più di tutto di non dargli mai l'impressione di saper andare a cavallo meglio di lui. La mia figliastra nel svelarmi i segreti sugli uomini mi trattava come se lei era la mamma e io la figlia. Il Jesús che conoscevo io non aveva mai mostrato invidia quando non sbagliavo di mira neanche una volta durante la caccia di colombe. Al contrario, rideva e mi abbracciava. Ma con il passare del tempo ho capito che misurava tutto in paragone a se stesso e che tollerava un po' di competizione. L'unica condizione era di non minacciare mai il suo dominio.

Rosaria mi diceva come trattare le sue sorelle e a che distanza tenere Israelino. Il suo fratello preferito era il più vecchio e si raccomandava di ignorare il suo muso lungo. Era sempre di cattivo umore e faceva da padre quando Jesús stava via per molto tempo. Miguel badava più a suo fratello che a suo padre e Israelino ubbidiva agli ordini del padre con una rabbia mal celata. Jesús era spietato con i suoi figli e li aveva cresciuti come faceva con i muli, con la frusta. I figli maschi, e il terzo in particolare, non nascondevano il loro odio amaro per il padre e la sete per il potere. Jesús non ha mai frenato la sua rabbia contro di loro, a volte con un urlo improvviso, e se quello non bastava con la frusta che lasciava sangue. Dalla vergogna, Israelino non piangeva mai davanti a me, ma capivo che lo faceva solo di notte.

Jesús non permetteva ai figli nemmeno uno sbaglio nelle faccende o nella vita. Una mattina mentre stava marchiando a fuoco una mucca con la sua iniziale, l'animale si è liberata dal laccio e gli ha dato un calcio nello stomaco che l'ha lasciato senza fiato. Israelino aveva avuto il compito di legare le gambe di dietro della mucca e non aveva seguito le istruzioni del padre sul da farsi. Siamo quasi morti sia io che Israelino. Rosaria è corsa in cucina dove stavo sbucciando delle banana verdi per uno stufato e piangendo mi ha presa per il grembiule perché Jesús stava ammazzando il figlio. Quando sono arrivata nella stalla Jesús aveva appeso Israelino per le gambe dal gancio usato per pesare i vitelli appena nati e lo stava picchiando con la furia di un fiume in piena.

"Jesús, questa è carne della tua carne, non lo capisci?" ho urlato con una voce così alta che non mi riconoscevo. "Lascialo andare o andiamo tutti e due al cimitero."

Avevo preso la mira con il fucile che mi aveva dato e lui mi guardava ma non mi vedeva. I suoi occhi avevano quello stesso brillìo di quando da il massimo alla caccia, e che solo io ero capace di capire. Sapeva che avevo una mira micidiale e non avrei esitato a fare quanto necessario per mettere fine a questo rito sadico. Jesús si era trovato nella stessa situazione tante volte e aveva fatto a botte, machete o accetta. Ma mai in vita sua si era trovato nel mirino di un fucile e per di più di una donna che era la sua compagna. Gli è venuto un colpo a vedere la canna del mio fucile puntato alla sua fronte e è diventato del color della pancia di un rospo. Barbara e Carmen si sono messe in ginocchio, tutte e due attaccate a quelle del padre come le mosche sulle zampe di un orso. Jesús Maria ha osservato la scena con odio e disprezzo e Miguel ha vomitato in un angolo.

Jesús ha preso il suo cavallo, il fucile, i suoi amati bracchi e è sparito nelle montagne per tre mesi. Da quel giorno in poi Jesús Maria ha cominciato a salutarmi la mattina, Miguel mi ha portato tutta la legna secca trovata per strada e Israelino non mi ha più attaccata con tanta insistenza. Barbara e Carmen non si sono lasciate convincere. Ora che loro padre non c'era, non facevano più le faccende di casa e non mi badavano per niente perché non ero la loro mamma. Barbara dormiva fino a tardi, Rosaria beveva il caffè a letto e veniva in cucina a mezzogiorno, annusava le pentole e mi diceva che m'aveva avvertita. Senza dubbio, suo padre sarebbe tornato con un'altra donna e i miei giorni all'hacienda stavano per finire. Carmen aveva un'altra strategia. È diventata mia amica.

Veniva in camera mia di notte e dormiva ai miei piedi. Litigava con Rosaria che s'era già infilata nel mio letto come un vermicello mojojoy da quando Jesús se n'era andato. Facevo posto per tutte e due. Mi raccontavano storie nel buio trattandomi come una bambola. A volte piangevo ma loro non lo vedevano perché erano troppo prese dalla commedia che stavano recitando.

"Se vuoi vivere, faresti meglio ad andartene prima che torna perché non ti perdonerà mai per averlo sfidato davanti a noi" Carmen mi ha detto.

Carmen, d'altra parte, mi ha spiegato nelle sue lunghe prediche che suo padre era innamorato di me e che lo vedeva negli occhi di lui. Non ho nessun'idea cosa vedeva Rosaria ma so che nella sua immaginazione era innamorata di suo padre. Secondo la mia figliastra, il mio coraggio e il mio senso di cosa fare in certe situazioni erano precisamente le cose che avevano attirato suo padre a me. Non avrei mai sparato ad un altro essere umano che per difesa o per proteggere la verità. Non ho idea come le parole che ho detto a Jesús mi sono venute in bocca, ma il commento sul cimitero l'avevo aggiunto anche se non ne avevo visto neanche uno dopo Angeopolis. Stavo semplicemente ricordando le croci sparse lungo il cammino per le terre nuove.

Le ragazze comandavano in casa e i ragazzi più grandi cercavano di comportarsi da adulti. Jesús portava le patate e i blocchi di zucchero di canna e loro mettevano il cioccolato a seccare al sole. I domestici si erano presi cura della madre finché lei non li ha licenziati perché credeva che la volevano avvelenare. Barbara non aveva mai avuto un innamorato e Carmen scappava di notte da casa con i braccianti. Rosaria fantasticava di avere un amante, ma la sua adorazione del padre le impediva di essergli infedele.

Non capisco proprio come ho fatto a non vedere la completa pazzia di quella casa. Ero circondata da donne matte. Ma ero peggio di loro perché non mi è mai passato per la testa di lasciare Jesús. Non era colpa loro perché se si può ereditare qualcosa, questa è certamente la pazzia. Poi, quando ho scoperto che Donna Virtudes, la prima moglie di Jesús, era impazzita poco dopo che suo marito era stato liberato dalla prigione ed era tornato all'hacienda. Da quel momento la donna si era chiusa in camera con una famiglia di gatti pulciosi. I ragazzi erano cresciuti da soli perché Jesús stava sempre via dopo che Donna Virtudes si era ammalata. Quando è morta, Jesús ha preso il corpo e l'ha seppellito tra due alberi di yagrumo. Solo lui sapeva dove era la sua tomba e non ha mai permesso ai figli di portarci fiori.

CAPITOLO VII

DONNA VIRTUDES

Tutti nell'hacienda sapevano perché Donna Virtudes era fuori di testa. Jesús non voleva chiedere perché lo sapeva già sin dall'inizio. Lo stesso giorno che le hanno portato via il marito per rinchiuderlo a Las Delicias, una prigione vicino a Manizales, Virtudes aveva piazzato il compagno di Jesús, Don Eliseo, all'hacienda.

I dieci anni di prigionia del marito erano stati per Virtudes come un attimo di felicità con il suo amante. Suo figlio maggiore aveva otto anni quando Jesús se n'è andato dalla famiglia ed era un uomo cresciuto quando ha rivisto il padre.

Don Eliseo era sia il padrino di Jesús Maria che il compagno di Jesús nelle sue escursioni. Badava al bestiame e si era preso la briga della nuova famiglia come se era la sua. I ragazzi non lo consideravano un padre, ma avevano paura della minaccia materna. Le ragazze si comportavano meglio con Eliseo che con la loro mamma. Virtudes era gelosa del loro attaccamento al suo amante. E, vista la natura fugace della sua felicità, aveva deciso che nessun altro aveva il diritto di esserne partecipe. Si chiudeva in camera con lui per giorni interi e la sola persona con il permesso di entrare era Rosaria perché portava loro delle arance. Rosaria mi ha detto di averli trovati molte volte mentre facevano all'amore e che non avevano interrotto i loro riti sessuali come se lei non era che un'altra arancia da sbucciare. Sua madre le aveva detto che tutto quello che faceva lo faceva per amore dei suoi figli e che gli uomini dovevano essere sempre soddisfatti o se ne sarebbero andati a mangiare altrove.

Virtudes ha mandato via l'amante quando è andata a prendere Jesús alla prigione di Manizales. Non è mai stata la stessa dopo il ritorno di Jesús all'hacienda e poco dopo si è rintanata nella sua camera accanto alla cucina. Rosaria ci entrava con delle arance per la madre e passava ore a parlarle. Carmen che stava sempre a spiare me l'ha detto ma non poteva dirmi di cosa parlavano. La ragazza diceva qualcosa e poi rispondeva a se stessa in un altro tono di voce perché la mamma non ha più detto una parola dopo essersi chiusa in camera. Un giorno ho chiesto a Rosaria di cosa parlavano e mi ha risposto che era roba da donne.

Una delle poche volte che Carmen ha capito cosa diceva sua madre era che brontolava Jesús per avere portato i suoi tre figli maschi da Monica, la più bella ragazza della città di Barcelona. Rosaria ha raccontato tutto a sua madre della visita perché Israelino le aveva dato tutti i particolari del suo primo orgasmo. La reazione di Jesús a Virtudes era stato di chiederle se preferiva avere i figli finocchi.

"Questi uccellini sono nell'età da meritarsi una donna. I giovani montano gratis, ma ho pagato Monica proprio bene" Jesús le ha detto.

La città era a un paio di leghe dall'hacienda e offriva quel poco di civiltà che c'era da quelle parti. Più che un luogo per lo svago, era un oasi per mulattieri, cacciatori, braccianti e coloni appena arrivati. Si parlava così tanto di questa Monica che un giorno mi sono vestita da uomo e ho seguito Jesús e Israelino che erano suoi clienti molto affezionati. Monica era veramente di una bellezza insolita. Con la carnagione scura, aveva gli occhi blu e i capelli lisci da indiana. Un cacciatore di tesori l'aveva abbandonata perché, secondo Rosaria, non gli portava più fortuna e l'oro diventava polvere quando ne trovava. Il cacciatore di tesori aveva pensato che questa donna indiana proteggeva i suoi antenati. Non c'e' dubbio che aveva del sangue indiano nelle vene, ma la sua storia e il suo aspetto non importavano a nessuno. Con quello che aveva messo da parte negli anni di lavoro aveva costruito un padiglione circondato da palme che le serviva da balera. Gli operai della segheria avevano fatto delle tavole per Monica dai tronchi più larghi portati giù dalle montagne e lei li aveva ripagati in natura. Monica aveva capito che il cacciatore di tesori le aveva reso un gran favore nell'abbandonarla in mezzo a queste terre di nessuno perché ora non doveva più essere la sua schiava. La sua professione era tale che le permetteva di scegliere con chi andare a letto. Alcune donne in città dicevano che Monica aveva fatto bere una pozione a Jesús, Israelino, Don Adan, il sindaco, Don Gregorio, il macellaio, e Don Lujan, l'arrotino.

CAPITOLO VIII

MÁRQUEZ, IL MULATTO

Jesús aveva venticinque anni quando è stato condannato ai lavori forzati a Paraiso. Donna Virudes non ha più pronunciato il suo nome in casa e la volta che Jesús Maria le ha chiesto quando suo padre sarebbe tornato, lo ha rinchiuso in una delle stalle.

Rosaria aveva imparato a ripetere la storia che sua madre le aveva detto per spiegare l'assenza del padre. Jesús aveva fatto un viaggio a Chocò ed era stato inghiottito dalla giungla. Carmen, però, aveva un'altra versione che era filtrata dalle pareti di canna.

Aveva sentito sua madre e Don Eliseo bisbigliare in cucina. Secondo loro, Jesús aveva ucciso il sindaco di Barcelona perché lo aveva messo in prigione perché era un liberale. Poi ho sentito Monica dire che poco dopo essere arrivata a Barcelona e abbandonata dal cacciatore di tesori, il sindaco si era invaghito di lei. Però a Monica piaceva Jesús di più e la tragedia non poteva essere evitata. Jesús ha aspettato il sindaco davanti alla casa di Monica e i due si sono sfidati a machete. A Israelino era stato detto a Barcelona che la morte del sindaco era un caso di vendetta per la morte di un fratello. Ho chiesto ai cacciatori di tesori che si fermavano da noi cosa era successo e mi hanno detto che il sindaco e Jesús erano stati cacciatori di tesoro insieme e condividevano molti segreti.

Pare che mio marito aveva trovato una tomba molto grande sull'Alto del Oso e che il sindaco aveva rubato l'oro e non aveva dato a Jesús la sua parte. Don Gregorio, il macellaio, una volta mi aveva fatto le congratulazioni perché mio marito, aveva detto, era un uomo coraggioso. "Tuo marito ha le palle." E poi ha aggiunto senza guardarmi in faccia, "Don Jesús ci ha fatto un gran piacere tanti anni fa quando ha ficcato il sindaco sotto terra."

Don Gregorio era quello che macellava e strinava i miei maiali. Il suo coltello non sbagliava mai neanche di un millimetro e gli animali non soffrivano.

Anche Don Gregorio era un uomo molto coraggioso, non c'era dubbio, ma dava tanto di cappello al coraggio di Jesús. Eva mi aveva assicurato che sua madre conosceva Donna Virtudes molto bene perché era stata la sua lavandaia. Secondo Eva, Don Eliseo aveva portato sua madre, Matilda, a vivere all'hacienda anche se Donna Virtudes non era per niente contenta di vivere nella stessa casa di una suocera che era la madre del suo amante. Ma, come dicono, "ama me e ama il mio cane" e Donna Virtudes non ha avuto scelta. Donna Matilda era amica della mamma di Eva e Eva ha detto che a Virtudes era venuta un'idea per impadronirsi dell'hacienda e di Eliseo. Virtudes conosceva Jesús a fondo e era certa che avrebbe difeso Eliseo a qualsiasi costo. E così Virtudes aveva fatto in modo da far provocare da Eliseo la rissa a casa di Monica e il resto si sa com'è andato a finire.

Alla fine dei conti ho sentito la storia di quanto è accaduto quella sera a Barcelona da Jesús in persona. Eccola.

Jesús, il suo compagno inseparabile Don Eliseo e altri mulattieri avevano passato la sera a bere e ballare da Monica. Lei aveva già un piccolo giro d'affari messo su con soldi avuti dal sindaco. Verso l'alba, Eliseo è entrato in una rissa perché una delle ragazze non voleva andare a letto con uno dei suoi amici. Jesús non voleva scenate ma il sindaco, che era presente, li ha arrestati tutti e messi alla berlina. Quando a una festa si è tutti ubriachi, tutti si abbracciano e tutti sono dello stesso partito, ma quando passa la sbornia, tutti sono pronti a morire per i propri ideali e eroi. Jesús era liberale, come suo padre e suo nonno prima di lui. Il sindaco era del partito di opposizione e la loro rivalità era in verità odio. Jesús non nascondeva le sue idee politiche e di conseguenza s'era fatto un sacco di nemici nella regione. Il nemico più accanito era il sindaco che aveva sperato in un'occasione del genere per buttarlo in carcere. Jesús aveva cominciato da molto giovane come mulattiere da queste parti. Le terre nuove non avevano padroni e chiunque veniva qua si sistemava come voleva. Jesús aveva abbattuto querce e canne e tagliato sentieri per il bestiame. Quando il sindaco è arrivato a Barcelona, mio marito era padrone di una montagna e di cento teste di bestiame.

Sapeva sin dall'inizio che il sindaco voleva la sua terra e che era sulla sua lista nera. Jesús gli ha regalato un cavallo quando è salito in carica e per un po' andavano insieme dalla Monica. Il sangue cattivo tra loro è nato quando il sindaco ha deciso che voleva una spiaggia sul Rio Verde che era sulla proprietà di Jesús. L'incidente a casa di Monica era uno stratagemma da parte del sindaco per mostrare il suo potere a Jesús.

Il sindaco ha messo Jesús e Eliseo alla berlina e li ha lasciati in mezzo alla piazza per un giorno intero senza cibo o acqua. Quando finalmente è passata la sbornia, il sindaco era lì davanti a loro.

"Figlio di puttana" ha detto a Jesús, "porti disgrazia al tuo nome." Poi ha scoccato la sua frusta ai piedi di Jesús e aggiunto, "ora vediamo chi ti viene a salvare."

"Amico, prendi il mio coltello dalla mia tasca destra." Jesús non ce la faceva a prenderlo perché aveva mani e piedi legati.

Il sindaco li aveva esposti alla vergogna pubblica per aver disturbato la quiete e avere messo in pericolo la città. Monica ha fatto di tutto per farli liberare e il sindaco li ha liberati durante la notte.

"Siete un bel paio di duri" ha detto il sindaco. "Monica mi ha convinto che il popolo si sarebbe ribellato se non vi liberavo stasera. Quindi potete ringraziare quella puttanella se non vi ho tenuti qui per altri tre giorni."

La polizia li ha slegati e Jesús si è gettato come un giaguaro affamato sul sindaco con il coltello di Eliseo e l'ha pugnalato tre volte, alla gola, alla pancia, e la terza volta alle palle.

Jesús non si è mai pentito di avere ucciso l'ufficiale più importante della città. Era una questione di onore ed è così che si sistemano le cose tra uomini. Il giorno che sua moglie è andata a prenderlo, più per paura che per amore, aveva passato dieci anni in prigione e dopo ne aveva un po' nostalgia. Quello che gli era mancato più di tutto del mondo libero erano i suoi figli e la sua vita da girovago.

CAPITOLO IX

CARMEN

Carmen era quel tipo di donna che non spacca la legna e non presta la sua scure. Pochi uomini erano attratti da Barbara, ma quelli che lo erano prima o poi finivano come cani da grembo di Carmen. Il tutto rappresentava un'ennesima vittoria per la sorella. Non era che un altro modo di umiliarla perché a Carmen non gliene importava un fico secco di questi spasimanti. Ma quello che lei non sapeva era che a Barbara non interessavano gli uomini. A quanto pare, era soddisfatta con se stessa, dentro e fuori. La sua presenza in casa non veniva notata eccetto che nelle rare occasioni quando, per esempio, alzava la voce per dar sfogo al suo mal umore. Allora i suoi commenti facevano più male della cioccolata grezza.

Carmen amava farsi nemici. Si dedicava di persona al reclutamento di un esercito di soldati materialistici. Le sorelle e io eravamo, infatti, le sue rivali più accanite e non si lesinava per stravincere anche nelle discussioni più banali.

"Jesús" dicevo a mio marito, "portami dei rami di eucalipto. Voglio trattare con vapore questa strage di raffreddori che sta invadendo la fattoria."

"Papà" lei interrompeva subito "il miglior modo di scacciare il raffreddore è bruciare le foglie di fico."

Beh, m'ero abituata a Carmen che pavoneggiava davanti agli altri ma mi faceva rabbia perché non riusciva a controllare la sua vanità davanti al padre. Ero gelosa, lo ammetto. Così per vendicarmi dei suoi attacchi gli raccontavo tutto quello che Carmen faceva quando lui era via di casa. Jesús mi ha detto che delle tre figlie, Carmen era come una puledra di razza pura. Bastava solo il suo odore per attirare i maschi.

"Una cagna in calore è quello che sembra" ho detto una volta a Jesús. Gli avevo già menzionato tante volte come si comportava.

"Ragazza mia" lui ha risposto ridendo "quello che serve a quella signorina è di farsi accendere la candela. Non si può andare contro la natura." E poi ha aggiunto, "Devo trovarle un marito."

Dio le aveva dato tanta bellezza ma si era dimenticato di darle un cervello. Carmen non sapeva né leggere né scrivere, neanche il suo nome, ma non se ne vergognava. Ammetto che Carmen è più bella di Barbara, Rosaria e me. Ha gli occhi color miele e la pelle bianca come quella di Nera. Le invidiavo la chioma nera e i denti bianchi. Sapevo che li lavava con la cenere di soda che si faceva portare dal padre da Medellin. Sorrideva sempre davanti agli uomini che venivano in casa perché sapeva che le sorelle volevano fare così ma si vergognavano della mancanza di denti, Barbara specialmente. Si copriva la bocca con la mano destra quando parlava e le parole le uscivano a pezzi e bocconi. Poi un ciarlatano che passava dalla fattoria ogni tre mesi ha aggiustato i denti a me e a Rosaria, ma non a Barbara che non voleva essere toccata da nessun uomo. Il vecchietto diceva di essere dentista e per provarlo si levava la dentiera e la mostrava come un'opera d'arte. L'ho pagato con una dozzina di uova, tre galline e una borsa di arance. Jesús voleva far passare le notti a Barbara, Carmen, Rosaria e a me chiuse tutte insieme in camera mia quando gli uomini erano via in montagna. Jesús mi diceva sempre di chiudere la cucina alle sei e sbarrare la mia camera con un palo di quercia alla porta. Anche se Jesús non sembrava preoccuparsi molto di quello che poteva succederci di giorno durante le sue assenze eterne, sembrava molto turbato dai fantasmi a due gambe che giravano di notte. Mi ha detto che se sentivo le oche starnazzare di notte dovevo caricare il fucile e non aprire la porta per nessuna ragione.

Per non annoiarci cantavamo le canzoni natalizie anche quando non era Natale. Carmen imitava suo padre e Rosaria imitava la mamma morta. Barbara e io applaudivamo. Si giocava a moscacieca e Barbara era sempre quella bendata. Spegnevamo le candele e ci nascondevamo sotto il letto. Barbara non ci trovava mai perché era così alta e goffa. Una notte abbiamo notato che Carmen sembrava molto distratta perché guardava sempre dalle persiane alla finestra. Sembrava che aspettava qualche tipo di segnale.

"Devo uscire per fare la pipì" continuava a dire ma era difficile capirla a causa degli strilli di Rosaria mentre sfuggiva dalla Barbara.

"Vado al cesso," ha poi detto Carmen.

"Jesús dice che nessuno deve andare in cortile di notte. Ecco il vaso." E l'ho tirato fuori da sotto il letto e gliel'ho porso.

"Torno subito," ha risposto Carmen, ignorandomi.

Improvvisamente ho sentito le oche cominciare a starnazzare ma non mi sono preoccupata perché ho pensato che era per via di Carmen che era fuori. Poi quando lo starnazzare ha continuato, ho pensato che forse non l'avevano riconosciuta.

Carmen è rientrata, sbattendo la porta con rabbia e Barbara ha detto, "quel cacciatore di tesori è un cretino."

"Neanche un cretino andrebbe con te. È venuto a dirmi addio e che tornerà per me."

"Era l'ora. Se non si sbriga tu te ne andrai con il primo paio di pantaloni che passa."

E così ho avuto la conferma di quello che Rosaria mi aveva detto tante volte, che sua sorella Carmen se la faceva con un cacciatore di tesori. Uno che Jesús aveva portato all'hacienda da Jericho.

CAPITOLO X

JESÚS SI PENTE

Erano trascorsi diversi mesi dalla mia minaccia quando Jesús stava torturando Israelino e l'immagine che i suoi occhi da gatto mi avevano lasciato in mente.

Nonostante le profezie di Barbara, mio marito era tornato docile come un agnello. Non sarebbe stata l'ultima volta che spariva in montagna perché da quel momento in poi ho capito che lui era come un'escrescenza sul groppo di un cavallo. Il nostro viaggio alle terre nuove era solo un esempio della vita dell'uomo che mi russava accanto. Io, Clara, ero stata l'unica donna nella sua vita che aveva messo piede nel suo territorio più intimo ed ora lui era tanto legato a me quanto ai suoi sogni.

Non avevo bisogno di farlo felice per fargli piacere perché la gioia di rivederci dopo una separazione era più forte dei nostri rancori. All'inizio mi arrabbiavo per le sue partenze, per Barbara che mi diceva che stava con Monica, per Carmen che mi diceva che avevo le corna e che Israelino di nascosto mi spiava quando facevo il bagno nel ruscello. Lo sapevo che non si vive solo d'amore, eccetto casi come Monica perché lei amava gli uomini ma li spremeva fino all'ultimo soldo. Invidiavo Monica, non perché era una puttana, ma perché era così libera. Tutte e due eravamo venute alle terre nuove per il capriccio d'un uomo. Gli uomini se ne andavano da una montagna all'altra come creature affamate d'amore. Monica aveva ottenuto quello che a me non sarebbe riuscito per molti anni, la sicurezza finanziaria. Il suo giro d'affari era prosperoso e redditizio mentre il mio richiedeva tanto sudore e rendeva poco.

Beh, Jesús si è presentato con un regalo di tre galline e un gallo che ciondolavano per le gambe dalle sue mani. Ho tirato il collo a una delle galline per fargli un brodo e ho portato le altre due al pollaio con il gallo che ci svegliava ogni mattina. Il gallo non ha perso tempo a stabilirsi nel suo serraglio decimato e dopo poche settimane le galline ben servite hanno popolato il cortile, la cucina e la stalla. E ho cominciato a andare in cerca di uova sotto il letto e Rosaria sotto gli assi del pavimento. I bracchi erano i primi a trovarle e erano i loro musi e le loro zampe a indicarci disperatamente dove guardare. Raccoglievo un centinaio di uova alla settimana, alcune finivano nelle frittate della prima colazione e la maggior parte li vendevo a Barcelona. I miei guadagni li mettevo nelle scatoline di bambù che Jesús faceva per me e che usavo come una banca. Mi aveva detto che quando avevo risparmiato l'equivalente di un peso di non fare come lui la volta che era andato a Medellin de la Costa. Si è fatto fare una foto nel parco e è rimasto completamente al verde. Nascondevo i miei soldi con quelli di Jesús, ma dato che sapevo scrivere segnavo Clara, il mio nome, sulle banche di bambù. Siccome non c'erano banche a Armenia, mettevamo le scatole di bambù piene di monete sotto gli steli del mais. Jesús e io sapevamo dove avevamo sepolto il denaro nel bosco.

Ho cominciato a comprare oche, anatre, tacchini e faraone. I pavoni li ho aggiunti più tardi. Jesús continuava a lavorare campi nuovi con i figli e i braccianti e io continuavo a crescere il numero del pollame. Jesús mi ha chiesto quante galline aveva ogni gallo e ho risposto tante. Alla fine ne avevo cento per ogni gallo. Sapevo quanti pulcini aveva ogni gallina, quanti morivano ogni stagione, il colore delle loro piume e quali erano i loro nemici mortali. Le donnole e i topi rubavano tante uova ma con il mio fucile sono riuscita a limitare le perdite a un numero ragionevole.

In fondo al cuore sapevo che Jesús era molto fiero di me anche se non me l'ha mai detto. Tuttavia, il giorno che gli ho detto che volevo comprare la proprietà Bustamante dall'altra parte del Rio Verde lui l'ha preso come un'offesa alla sua virilità. Secondo Jesús, non avevo bisogno di altre terre e se ne volevo lui mi avrebbe dato alcuni ettari dato che possedeva quasi tutta la montagna. Senza dirglielo mi sono messa d'accordo con i fratelli Bustamante e ho pagato con dieci banche a scatola di bambù, due cento galline e un gallo come bonus.

Ritornando da una delle sue scampagnate di sei mesi, Jesús non mi aveva trovata vicino ai pollai e Barbara gli aveva detto che me n'ero andata per sempre. Carmen l'ha abbracciato e gli ha bisbigliato nell'orecchio che prima o poi me ne sarei andata con un altro uomo. Rosaria l'ha chiamato in cucina e gli ha confessato che ero all'altra riva del fiume che lo aspettavo. Jesús mi aveva portato degli orecchini di oro rosso da Marmato. Li ho portati per tanti anni fino al giorno quando stavo aspettando un tassì nella Via Diciotto a Armenia vicino al laboratorio Rogers dove stavano fabbricando delle porte di metallo per me. Un uomo mi ha coperto gli occhi con la mano e mi ha chiamato per nome "Donna Clara" facendomi pensare che era qualche amico che scherzava. Però in un batter d'occhio un complice del ladro aveva afferrato il regalo di mio marito. Ma ormai ero troppo vecchia per rincorrere un ricordo.

CAPITOLO XI

IL RISTORANTE

Voler una famiglia per me comportava dei rischi. Avevo ventisei anni e non ero riuscita a dare un figlio a Jesús. Avevamo provato tante volte ma niente. Quando ero pronta io, lui era via da qualche parte. Le sue frequenti assenze avevano reso un eventuale concepimento assai problematico. Rosaria mi diceva che la maniera migliore per tenersi stretto un uomo è dargli un figlio e, in quel modo, prima o poi avrei fatto il mio dovere e le avrei dato un fratellastro. Il mio allevamento di polli mi teneva occupatissima e non avevo tempo di preoccuparmi di cose del genere. Ma poi lui tornava a casa ubriaco e mi rendeva la vita difficile dicendomi che ero buona a niente o che valevo quanto un mulo. Abitavo a Los Alamos, avendo lasciato l'hacienda e i miei figliastri erano restati lì e vivevano sulla terra che avevo comprato.

Rosaria mi veniva a trovare spesso e rimaneva con me fino al ritorno di Jesús. Un giorno mi ha portato una ciotola con dentro una pozione che secondo lei mi avrebbe messo incinta se la bevevo durante una luna calante. Mi ha spiegato che era fatta di fiori d'arancio, di seta di mais e di semi di palma curuca sciolti in vino bianco. Prima l'ho fatto bere al gallo e non è morto. Poi a Limber, il bracco preferito di Jesús. Gli è piaciuto così tanto che ne voleva ogni mattina. Non avevo niente da perdere e così ne ho bevuto religiosamente una dose prima, dopo e durante ogni luna calante. Ha funzionato e in meno di un anno ero incinta di Dionisio. Non mi ero resa conto di aspettare un bambino fino a quando Rosaria non mi ha guardato di soppiatto un giorno e mi ha avvertito che il suo primo fratellastro sarebbe arrivato a dicembre. Non ci ho creduto ma i miei seni avevano cominciato a farmi male e le caviglie erano gonfie. Ho scelto Rosaria come madrina e il dottor Orozco che mi ha fatto partorire come padrino.

La nascita è stata traumatica per me e per il bimbo ma grazie a un brodo di piccione mandatomi a mano da Monica da Barcelona per mezzo di una delle sue ragazze mi sono ripresa. Benché stavo sdraiata a riposo, la mente l'avevo nel pollaio, nel porcile e nelle stalle. La perdita di sangue mi aveva lasciata anemica e non riuscivo a allattare il bambino. Jesús ha preso una balia e gli altri domestici hanno badato alla casa. Il prete ci ha sposati mentre ero ancora a letto e il notaio, Don Ruperto, ha preparato il mio testamento: la mia proprietà doveva andare a mio figlio Dionisio e alla chiesa a Angelopolis, con Jesús come amministratore fino a quando Dionisio non era maggiorenne. Non ho mai visto Jesús così triste e allo stesso tempo così felice. Non so se era contento all'idea di una mia possibile morte e di avere un figlio tutto per sè o se era depresso perché mi amava veramente. Ad ogni modo non ho fatto il favore ai miei figliastri di crepare e sono guarita in poco tempo.

Jesús era pazzo di suo figlio. Ha cominciato a passare più tempo con noi e meno in viaggio. È persino stato a Los Alamos per tutta la Settimana Santa, un periodo in cui avrebbe preferito stare nella landa a cercare oro nascosto. Poco dopo il primo compleanno di Dionisio ero incinta di nuovo e Jesús è tornato a girovagare, ma con meno frequenza. La mia seconda gravidanza è stata difficile e la bimba mi è nata morta. L'ho battezzata Eloisa, come mia madre, e l'ho sepolta in una piccola bara bianca. Con la terza gravidanza il mio corpo si era abituato alla maternità e ho avuto gemelli. In tutto ho avuto cinque maschi e una femmina che ho partorito all'età di quarant'anni.

La casa era piena di bambini e se non dormivo la notte non era per colpa di mio marito. Oltre all'allevamento di polli avevo aperto un ristorante. Non avevo neanche tempo di pettinarmi i capelli tanto che li tenevo tagliati corti da anni. Mi legavo un fazzoletto in testa e avevo la colazione pronta alle quattro di mattina. I platani fritti erano già in padella e la verdura tritata per la colazione a base di uova e fagioli. I fagioli li mettevo a bagno la sera prima. Eva, la cuoca, e gli altri domestici si alzavano alle cinque e mi sostituivano quando andavo a mungere le mucche. Eravamo tutti indaffarati fino alle sette quando l'ultimo pasto veniva servito.

Eva era con me da quando ero arrivata a Los Alamos. Climaco, suo marito, era un mulattiere capace di ubriacarsi anche più di Jesús.

"Se sento che mi metti le corna mentre sono a Salento lo paghi con la vita" Climaco la minacciava. Proprio così l'ho sentito dire, ma la poveretta era così bruttina che poteva passare davanti a una banda di boscaioli e nessuno l'avrebbe notata. Un giorno alcuni mulattieri che passavano per l'osteria l'hanno vista alla porta di cucina. Si sono fermati e uno ha chiesto, "Signorina, vendono carne qui?"

"Signore, questo è un ristorante" ha risposto Eva e così gli uomini si sono messi a sorridere con malizia.

"Idioti! Cosa vi fa pensare che quest'osteria è una macelleria?" lei è saltata su.

"Oh" uno ha risposto, indicandola con l'accetta. "Abbiamo visto ossi al portone e abbiamo pensato che era lo scheletro di una vacca in vendita!"

Si sono dovuti mettere a correre per evitare la pentola d'acqua bollente che Eva gli aveva tirato dietro.

A dire la verità Eva faceva pena. Sembrava avere un occhio sulla guancia e il naso attaccato alla fronte. Inoltre il suo sedere era tutto ringrinzito dalle botte del marito.

La coppia aveva due figlie, una di quattro e una di cinque anni, che giocavano con i miei bambini. Eva era una donna in gamba e comandava in cucina quando andavo a Armenia a vendere il formaggio e le uova. Ho comprato delle mucche per il latte e Jesús mi ha regalato un paio di puledri che aveva domato. Io, però, avevo comprato il mio cavallo a una fiera a Barcelona e avevo imparato a cavalcare meglio di Jesús.

Una domenica sera alle otto sono tornata dalla città e ho trovato tutti i domestici che mi aspettavano all'entrata del ristorante. Non vedevo Eva tra loro e ho pensato che era perché stava partorendo il terzo figlio. Quando sono entrata in cucina, i cani e un maiale leccavano per terra il sangue che copriva la parte inferiore del corpo di Eva. Climaco l'aveva pugnalata nella pancia. L'espressione di sollievo sul viso di Eva non si era mai visto prima in una persona. Nella morte era però ancora più brutta del solito per via degli occhi sbarrati e i pochi denti che le erano rimasti dopo i pugni in faccia del marito mulattiere ubriaco. Infatti alla fine l'unica cosa che riusciva a mangiare era un panino inzuppato nella cioccolata calda. Climaco è stato catturato nella periferia di Salento mentre cercava di fuggire. Secondo quanto mi è stato riferito dagli altri mulattieri, aveva ucciso sua moglie perché sospettava di non essere il padre del bimbo che portava in grembo. Povera Eva, avrei scommesso la vita per testimoniare la fedeltà.

Ho pianto per Eva come per mia figlia Eloisa fino a quando sono nati i gemelli.

Il dottor Orozco mi ha fatto bere una tisana della piñata di altamisa e mi ha detto di prepararmi al peggio. Fabio e Octavio sono nati con un soffio al cuore. Li ho fatti battezzare su un vassoio d'argento e ho pregato Dio in ginocchio di non portarmeli via.

Ma Fabio è morto all'età di tre anni e ho avuto la gioia di avere Octavio con me fino a tredici anni.

Non ricordo di essere mai stata in pace come negli anni del ristorante. Non avevo nessun senso di colpa per avere abbandonato mia zia e Antonia e non volevo tornare a Angelopolis perché nessuno mi prendeva con i bambini.

Malgrado la quasi impossibilità di avere notizie dei miei parenti, avevo saputo che mia zia era morta e che mia sorella aveva un branco di bambini. Ho mandato molti messaggi a Antonia per mezzo dei mulattieri chiedendole di venire a vivere con me ma lei non voleva lasciare il villaggio. Mia cugina Venicia però ha accettato l'offerta ed è venuta al podere con suo marito.

La mia vita era qui con i miei figli, i polli, i maiali, le mucche, i cavalli e il ristorante Rio Verde. Ormai avevo imparato a avere meno paura di mio marito. Jesús era come uno dei suoi bracchi, contento quando catturava la preda. Mio marito sapeva che malgrado il fatto che volevo lasciarlo, era troppo tardi per me cercare di fuggire.

Il ristorante era come avere un altro figlio se non che richiedeva più lavoro di un bambino. La sua posizione sulla riva del fiume e al crocivia tra le montagne circostanti era perfetta. Gli ingeneri con le loro carovane di muli, tende e braccianti che costruivano la strada maestra a Valle del Cauca dovevano passare per qui. Il mio ristorante era diventato la fermata di ristoro preferita dai boscaioli, dai cacciatori di selvaggina e di tesori e dai coloni.

I bagnanti arrivavano il fine settimana da Calarcà. Monica radunava le sue ragazze e le portava da Barcelona in spiaggia a prendere il sole e rinfrescarsi per i clienti. Alcuni turisti venivano a pescare e altri andavano in acqua per stare a fissare le ragazze.

Il ristorante aveva una spiaggia privata e anche se alcune famiglie si portavano da mangiare, non avevamo mai abbastanza cibo e si rimaneva a corto di spiedini, torte di mais al formaggio e di carne, tamales, verdure e frittate. Si vendeva sempre tutto e Monica mi era grata per aver permesso alle sue ragazze di andare in spiaggia.

C'era sempre della musica in questi pomeriggi pieni di sole e di sera mi godevo i libri che il dottor Orozco mi portava da Medellin. Leggevo molto lentamente perché non capivo tutte le parole e quando lui veniva a controllare i bambini per il morbillo o la varicella, tiravo fuori il mio elenco di parole sconosciute e lui mi spiegava il loro significato.

Jesús non sapeva nè leggere nè scrivere, ma quando si trattava di numeri era un genio. Il signor Bremer sapeva scrivere e bene. Era un topografo mandato dal governo alla regione. Mi ha raccontato come era scappato dal suo paese durante la guerra vestito da suora carmelitana perché lo stavano per arrestare. Sua moglie e le due figlie erano già morte. Le suore lo avevano nascosto nel convento e aiutato a andare in Spagna passando per la Francia. A un porto chiamato Vigo aveva preso una nave che lo ha portato in Venezuela. Non ho idea cosa gli piaceva tanto di questo posto, ma è andato a vivere nella casetta accanto al ristorante e veniva ogni giorno per i pasti.

Gli preparavo da mangiare quello che gli piaceva. Non gli piacevano i tamales e i ciccioli di maiale e si prendeva la farinata di mais senza il latte. Sembrava più vecchio della sua vera età, come se era nato vecchio. Era un po' miope e c'erano sempre dei chicchi di riso nella barba. Aveva un forte accento ma era facile da capire quando parlava lo spagnolo. Era una persona che aveva gli stessi tipi di libri che Nera leggeva. Lei teneva fotografie di sua mamma tra le pagine. Era il *Fausto* scritto da un certo Johann Goethe e il signor Bremer mi ha detto che era scritto in tedesco.

Monica mi ha chiesto una volta se era vero che il signor Bremer leggeva libri cattivi. So per certo che Monica aveva sparso la voce che il signor Bremer era un messaggero di Satana perché non frequentava né la sua casa né quella di Dio a Barcelona. Inoltre non si cambiava mai la finanziera nera. Credo, anche, che non andava al fiume e per questo aveva sempre un odore di zolfo. Quando entrava nel ristorante di pomeriggio, i dipendenti correvano in cucina con il naso tappato e mi dicevano, "Donna Clara, il diavolo ti sta aspettando."

Il signor Bremer non si rendeva conto che puzzava e a me non importava perché era un ospite che pagava ogni mese puntualmente e parlare con lui mi divertiva.

Stava sveglio fino allo spuntar del giorno alla luce di un candelabro a sette braccia leggendo giornali e libri che venivano dall'Europa. Lo vedevo dalla cucina del ristorante quando mi alzavo all'alba per preparare il caffè. Mi prestava roba da leggere e mi dava i libri che arrivavano dalla Spagna. Qualche volta mi mostrava delle cartine che srotolava come se c'era della polvere d'oro nelle loro pieghe. Altre cose le apriva con le mani attente di una levatrice mentre tagliava il filo attorno a un rotolo e stendeva un foglio di carta sul pavimento come un tappeto beduino. Alcune erano piante di città nel deserto, altre erano le facciate di templi greci e acquedotti romani. Ma quella che trattava con la più delicatezza e mi mostrava come il suo segreto più intimo era una cartina della via del pellegrinaggio di San Giacomo.

"Signora, questa l'ho fatta io" mi bisbigliava nell'orecchio. "Non dirlo a nessuno che non sono cattolico, ma credo che è stato il martire San Giacomo a salvarmi la vita."

A quanto pare aveva seguito la stessa via e con il dito mi indicava tutti posti dove il santo era passato.

"Ci ho messo diversi mesi perché ho camminato dal confine della Francia fino a Santiago de Compostela. I piedi mi si sarebbero spaccati ma sono stati medicati strada facendo. Non so come ce l'ho fatta, ma sono arrivato vivo alla tomba del Santo."

Quello che era accaduto – l'ho verificato più tardi – è che il signor Bremer aveva un cugino nel corpo diplomatico a Bogotà. Grazie a questo parente tedesco nella capitale era riuscito a trovare lavoro con la ditta che stava costruendo le strade maestre in Sud America. Il suo compito era di fare una cartina delle Ande in Colombia. Era questo che lo aveva portato alle terre nuove. Non c'era dubbio in merito alla sua capacità ma non ero tanto sicura dello scopo. Quando faceva caldo e i bagnanti si cambiavano prima di andare a fare un tuffo nel fiume, il signor Bremer stava incollato alla finestra per ore intere con i binocoli a guardare ogni movimento delle ragazze. Un giorno per scherzo gli ho detto di non disturbare i miei dipendenti e lui ha risposto che stava misurando i contorni del Rio Verde.

Con il passare del tempo ci siamo abituati al signor Bremer e al suo odore. Era innocuo e le sue fantasie non facevano del male a nessuno. Verso sera quando non c'era nessuno per cui preparare da mangiare, veniva al ristorante per ascoltare le conversazioni al tavolone di legno che poteva accomodare trenta persone. Tra quelli che stavano a raccontare storie c'erano le mungitrici, i cuochi, i boscaioli, i vagabondi, il capo sala con i suoi bambini e i miei.

Jesús amava sentire la gente che rideva e gli piaceva meravigliarsi delle loro storie. Mi sono resa conto che aveva passato quasi tutta la vita pronunciando monologhi e che saliva in montagna per inventarsi una vita. I cani, intanto, si sdraiavano per terra e dormivano senza essere disturbati dagli scoppi di risate.

IL RISTORANTE

Dionisio, Leonardo e Octavio stavano seduti accanto a me tra le mia braccia quando Eva aveva raccontato in una maniera del tutto naturale come un giorno era andata a raccogliere legna sui pendii della montagna ma per strada aveva incontrato un uomo bellissimo che le aveva indicato come uscire dal bosco. Quando gli aveva teso la mano per ringraziarlo, si era accorta che l'uomo era un morto congelato. Tornata a casa aveva raccontato a sua madre cosa era accaduto e le aveva descritto l'uomo. Sua madre ha cominciato a pregare perché ha pensato che l'uomo era il suo marito morto quando Eva aveva solo un anno.

Jesús parlava e parlava, ripetendo le sue avventure, come la volta che aveva ucciso un serpente perché inghiottiva vitelli interi. Raccontava che suo nonno governava il cavallo bianco del Generale Santander e da ragazzo aveva dovuto nuotare attraverso un fiume largo due leghe e era stato colpito da un fulmine. Ci diceva che aveva imparato l'arte della preghiera da un indiano del Chocó. Quando non gli riusciva curare il bestiame con le sue erbe, si metteva a pregare e le mucche guarivano. Eravamo tutti uguali nel buio e l'abilità era misurata dalla capacità di raccontare le storie migliori. Jesús vinceva sempre, non so se era perché i domestici volevano essere nelle sue buone grazie o perché le sue bugie erano tanto credibili che la differenza tra fantasia e realtà non importava più.

Il suo incontro con lo gnomo era famoso dalle nostre parti. Una settimana santa era andato a caccia di tombe antiche con tesoro sepolto. Strada facendo il suo cavallo non voleva attraversare un ruscello e si era fermato di colpo. Un bambino nero nudo stava ballando sulla riva opposta. Jesús era sceso da cavallo, si era tolto il poncho, l'aveva steso per terra e ci si era inginocchiato. Poi aveva fatto il segno della croce sul poncho con il machete e aveva chiesto allo gnomo cosa voleva. Il ragazzino aveva sorriso e continuato a ballare. Jesús sapeva che dove ci sono gli gnomi ci sono anche le tombe indiane. Si era sbottonato i pantaloni, pisciato nella mano sinistra e tirato la piscia sullo gnomo.

Aveva imparato dalla gente Chocó di usare l'urina per scacciare gli spiriti maligni. Lo gnomo era sparito e un Sabato Santo Jesús aveva trovato una tomba indiana in quello stesso luogo, ma l'oro era già stato rubato.

Per conto mio ho visto le Luci di Ribalta del Paradiso con i miei occhi. Stavo tornando da Barcelona a cavallo sotto un cielo sereno e mi ricordo d'essermi tolta il fazzoletto dalla testa perché faceva tanto caldo. Avevo paura di non arrivare a casa prima di buio. Una volta ero stata derubata da banditi e m'ero rotta la mano. Però da in cima alla collina potevo vedere il tetto del ristorante e il fiume che pareva un nastro d'argento. Per un attimo mi era sembrato di essere seguita e mi sono fermata. Mi ero guardata attorno e avevo sentito il battere di ali di pipistrello nel melo anona. Avevo tirato fuori la pistola e ripreso la strada. Quando mi ero voltata indietro un'ultima volta avevo visto una palla di luce grande quanto dieci pentole che mi seguiva. Il mio cavallo impazzito dalla paura si era messo a correre. La luce era così veloce che mi ha volato sopra la testa e quando l'ho vista davanti al cavallo si era divisa in altre due piccole luci. Non ho la più pallida idea di come ero arrivata a casa, ma il cavallo mi aveva portata al mio portone. Il giorno dopo i braccianti mi hanno detto che le Luci di Ribalta erano passate sopra il Rio Verde. Secondo loro era una mamma addolorata per avere ucciso i suoi due bambini e che per punizione non poteva dormire per l'eternità.

Il signor Bremer mi aveva invece detto che quello che avevo visto era l'esplosione della stella Nan che, secondo i suoi calcoli, era distante un milione di anni luce dalla terra. Sapevo che il sole sorgeva ogni giorno alla stessa ora, che la luna calante era il periodo migliore per piantare il caffè e che le stelle nel cielo non si muovono. Negli ultimi anni il signor Bremer passava ore e ore a osservare i corpi celesti. Dopo una sessione di racconti e storie al ristorante, andava nel cortile e si sedeva con i suoi binocoli. Ho scoperto il suo manuale d'astronomia tra i testi lasciati quando se n'è andato per via della violenza nelle montagne. Ci ho letto che niente è per sempre e che tutto è in continuo movimento.

CAPITOLO XII

ISRAELINO

Se non era perché era più alto di Jesús e aveva la carnagione bianca di Donna Virtudes, Israelino era l'immagine nata e sputata di suo padre, lo stesso aspetto, gli stessi gesti e la stessa voce, e la stessa arroganza e superbia. Aveva dodici figli sparsi per Armenia, Calarcà e Barcelona e nelle piantagioni di suo padre. Queste donne si presentavano al ristorante con i bimbi in collo e chiedevano soldi o, qualche volta, del lavoro. L'unica che è rimasta al ristorante era Horalia, quattro altre non avevano resistito alla fatica. Israelino viveva a Caicedonia con una delle ragazze di Monica che aveva messo incinta. Padre e figlio non si parlavano da tanti anni, come se il veleno di un odio reciproco correva per le vene del padre e del figlio. Tuttavia un tre maggio si sono trovati faccia a faccia.

Israelino veniva spesso al ristorante con una Ford ultimo modello carica di puttane e alcool con altoparlanti a altissimo volume giorno e notte. Abbassava il finestrino e urlava fuori che suo padre era un ladro e un omicida che gli aveva fregato l'eredità dalla madre. Queste scene erano diventate sempre più frequenti e Jesús era invecchiato senza accorgersene. Spesso dovevo trattenerlo quando la rabbia per gli insulti diventava incontrollabile. Una volta avevo sbarrato tutte le porte e minacciato che se attraversava la soglia per fare a botte con suo figlio non avrebbe più visto né me né i suoi bambini. Ma sapevo che l'orgoglio avrebbe avuto la meglio sull'amore per la moglie. E così un tre maggio non ha più sopportato l'umiliazione di suo figlio che urlava fuori casa.

"Clara, non mi nasconderò più dietro la tua gonna" mi aveva detto. "Una volta per tutte vado a finirla finita da uomo a uomo."

Non ero molto preoccupata perché non aveva il fucile in mano anche se aveva quello stesso sguardo negli occhi di quando andava a caccia. Questa volta stava per entrare nel ring e prendere il toro per le corna. Jesús conosceva ogni piega del cervello di suo figlio e combatterlo era come combattere contro se stesso. La cosa più terribile, però era il suo vedersi, come allo specchio, con un figlio che era un'immagine storpiata di sé. Il figlio si era distrutto cercando di competere con il padre. Voleva accumulare più trofei di caccia di suo padre, più cavalli, più donne e più figli. Anche quando andavano insieme ai bordelli scommettevano su chi aveva il pene più lungo. Monica faceva da arbitro e Jesús mi ha detto, con un sorriso di trionfo, che quello di Israelino era piuttosto piccolo.

La cosa che mi teneva sveglia, oltre alla musica altissima che veniva dalla macchina di Israelino, era il sapere che era armato. Quando Jesús ha alzato il palo di legno dalla porta per andare ad affrontare il figlio, ho preso la mia pistola e ho chiuso i bambini in una delle camere. A dire il vero, ero stufa di dover stare ad ascoltare il suo inveirmi contro. Secondo Israelino, il vecchio stava sprecando i soldi che appartenevano a lui, a suo fratello e alle sue sorelle con una donna che poteva essere sua figlia. Non chiedevo niente a Jesús perché potevo mantenere la mia famiglia da me e dar da mangiare a tutti i bambini dei miei figliastri. I pollai, i caseifici e il ristorante avevano fatto la mia fortuna. Monica aveva affittato la miglior casa di mia proprietà a Barcelona. Aveva lasciato andare le ragazze e aveva chiuso il bar. Si era dedicata a ricamare tovaglie e preparare dolci per gli orfani. In città dicevano che uno dei ragazzini di cui si prendeva cura era il figlio del parroco e una delle sue ragazze. E, quando c'è fumo c'è arrosto. Un giorno quando ero passata a prendere l'affitto, e facendo finta di niente, avevo chiesto come stava il parroco, e lei, mettendo le carte in tavola, ha riposto:

"Donna Clara, il prete sta bene. È molto affezionato a suo figlio ma non gli vuol dare il suo cognome. Contribuisce a mantenerlo e vuole mandarlo a scuola. A proposito, di' a Israelino, il tuo figliastro preferito, di smetterla di prendermi in giro e di portarmi soldi per sua figlia che tengo da me."

ISRAELINO

I miei soldi non mi sono stati passati sotto la porta. Sono il frutto di migliaia di albe viste a lavorare e almeno un milione di torte di mais fatte in vita mia. La mia ricchezza era il risultato di una lotta continua, a aiutare le mucche a partorire, a mungere tutte le tette del mondo fino a quando avevo le mani piene di calli. Jesús era il mio uomo, ma non ero una puttana come mi chiamava Israelino.

Beh, mio marito non si era accorto che lo guardavo. Jesús lo ha chiamato con il suo nome intero"Jesús Israelino". Pioveva e il suo alito aveva appannato il finestrino dalla parte del guidatore. Le parole erano state dette alla stessa velocità del tergicristallo. Israelino era solo questa volta, la testa appoggiata sullo sterzo. Jesús aveva spalancato la porta, poi aveva afferrato il figlio per i risvolti della giacca e prima che la testa poteva picchiare contro il clacson, Israelino, ubriaco fradicio come al solito, era riuscito a dire tra le lacrime "Figlio di puttana!"

Quel tre di maggio il fiume aveva superato le sponde e si era portato via la Ford con Israelino

che dormiva. Quattro giorni dopo era stata trovata con Israelino ancora dentro. Quando l'avevano tirato via dal sedile, i pesci e i vermi gli avevano mangiato mezza gamba. Il dottor Orozco gli ha salvato la vita ma Israelino aveva perso la gamba destra.

Dopo l'episodio con suo padre, Israelino si era chiuso in una capanna a Caicedonia dove lo andavo a trovare senza farlo sapere a Jesús. Viveva con una donna e la sua bambina. Dopo un po' gli ho dato il diritto alla proprietà. Lo visitavo anche dopo la morte di Jesús. Si rifiutava di usare una sedia a rotelle e di essere trattato come un invalido e passava quasi tutto il tempo in una poltrona in salotto. Anche i suoi polmoni erano stati danneggiati dall'incidente e l'asma gli era diventata un nemico peggiore della perdita della gamba. Non mi ha mai chiesto di Jesús e non ho mai detto niente. Padre e figlio erano nemici per la vita.

CAPITOLO XIII

ROSARIA

Delle mie figliastre, Barbara è rimasta zitella, Carmen se n'è andata con il suo cacciatore di tesori e Rosaria ha sposato un ingegnere che lavorava sulla strada maestra di Valle. Rosaria era la figlia viziata del primo matrimonio. Siamo cresciute insieme e la sua intelligenza spesso mi sorprendeva. Eppure, da adulta, questa sua dote è diminuita.

Ha perso la sua vivacità, il suo parlare era diventato piatto e senza colore fino a quando non è arrivato il signor Stilman. La trattavo più come una sorella che come una figliastra e le perdonavo le gelosie giovanili. Non assomigliava per niente al padre, eccetto quando si ammalava perché avere il raffreddore per quei due era la fine del mondo. Rosaria si metteva a letto e le portavo il miele riscaldato con limone. Dopo che ero andata a vivere a Los Alamos, Rosaria aveva cominciato a passare più tempo con me e poco a poco si era staccata dagli altri. Carmen ha detto che era un mio mezzo per renderla nemica. Ma non era vero perché erano loro i responsabili dell'alienazione. Per Rosaria con il passare degli anni il ricordo della madre si era sbiadito come le palme nella foschia delle montagne.

Jesús le aveva detto che se diceva il nome di Virtudes l'avrebbe rimandata alla casa vecchia dalle sorelle. Rosaria aveva scelto di stare con noi e lavorare al ristorante. Le regole del padre però l'avevano spinta a cercare di comunicare con la madre attraverso lo spiritismo. Donna Emperatriz Quiceno, una vicina, era padrona di un negozio chiamato La Esperanza. Donna Emperatriz aveva anche un caseificio più piccolo del nostro e io le davo in affitto dei terreni per il suo bestiame. Avevo sentito dire che Donna Emperatriz comunicava con gli spiriti e un giorno quando era venuta a trovarmi le ho detto che mi sarebbe piaciuto parlare con mia madre. Mi ha risposto che prima di tutto bisognava avere molta fiducia. Era una questione di sentire quello che si voleva sentire, ma avevo accettato di andare da lei una sera mentre Jesús era a caccia. Anche Rosaria era desiderosa di andarci e era corsa a sellare il cavallo per il padre. Lei aveva già preso parte a delle sedute ma voleva la mia conferma alle sue allucinazioni.

Quando siamo arrivate al caseificio si vedeva solo la fiamma di una candela al centro di una tavola rotonda. Donna Emperatriz era accasciata su uno sgabello traballante. Ci siamo sedute e quando ho chiesto a Rosaria chi erano gli altri, si è messa un dito sulla bocca come per far zittire un cane. Da principio nel buio non ho riconosciuto nessuno, ma poi mi sono resa conto che il signor Bremer e il signor Stilman, l'ingegnere della strada maestra, partecipavano in segreto alle sedute. Mentre Donna Emperatriz stava preparando lo spiritista, un uomo mai visto prima da queste parti, mi sono meravigliata che un uomo tanto intelligente come il signor Bremer si poteva far ingannare da una vecchia pazza. Ma nel caso dell'ingegnere Stilman sospettavo la vera ragione per la sua presenza. Rosaria gli era piaciuta sin dalla sua prima visita al ristorante con la commissione per la strada maestra di Valle, e gli facevo da postino con lettere per Rosaria.

Jesús non permetteva a nessuno di avvicinarsi a sua figlia. Rosaria aveva la vista tanto cattiva che dovevo leggerle i messaggi di Stilman e davo a lui le risposte che Rosaria mi dettava perché non volevo fargli vedere la sua orribile ortografia. A volte dovevo fare dei cambiamenti perché se scrivevo quello che lei mi aveva dettato Stilman non c'avrebbe capito niente. Avevo insegnato l'alfabeto e l'aritmetica a Rosaria, ma si vede che non ero una maestra tanto brava perché la mia scolara non ha mai imparato la differenza tra scrivere bene e scrivere pene.

Beh, lo spiritista sembrava avere la tisi e non aveva mai smesso di tossire neanche quando posseduto dallo spirito. Donna Emperatriz non era riuscita a dare la prova e a comunicare con suo marito perché lo spiritista aveva avuto le convulsioni. Poi Donna Emperatriz aveva sospeso la seduta perché, secondo lei, uno degli ospiti aveva un morto dietro le spalle. Eravamo in otto e una persona del gruppo era un omicida. Attonito e pieno di vergogna il signor Bremer mi aveva fissato. Rosaria mi aveva stretto la mano forte forte e poi era svenuta. Non sono mai riuscita a provare quanto detto quella sera, ma ho sempre avuto il sospetto che era Donna Emperatriz che aveva avvelenato suo marito per poter stare con uno dei suoi braccianti. Rosaria mi ha detto che questo giovanotto era un uomo fidato di Don Juan, il marito di Donna Emperatriz, e che lei aveva sentito la voce di sua madre per mezzo di questo bracciante diventato spiritista. Donna Virtudes ha detto che soffriva in Purgatorio.

Il signor Stilman rideva alle stupidaggini di Rosaria. Non c'era dubbio, erano una bella coppia. Ho convinto Jesús che era meglio se i due innamorati si incontravano al ristorante invece che alle sedute spiritistiche. Il mio vecchio era un po' contrario all'inizio perché, tra l'altro, credeva che gli stranieri si sposavano solo tra loro. Siccome diceva di conoscere quel tipo di persone, pensava che per Stilman era solo una cosa passaggera. Ma Stilman faceva sul serio e ha chiesto la mano di Rosaria. Rosaria non era bella, ma dopo aver incontrato il signor Stilman aveva ordinato alcuni metri di stoffa rosa e un rossetto da Don Omar Ozman il venditore ambulante che portava tutte le ultime novità di Medellin alle haciende. Ma quello che Ozman diceva che era l'ultima moda a Parigi, Madrid o Londra era passato di moda da almeno dieci anni. A me non importava perché mi bastavano solo poche modifiche. Ma, ogni tanto, mi regalavo della stoffa un po' più elegante.

Rosaria aveva visto una foto in una rivista americana che il suo spasimante le aveva mostrato di un'attrice chiamata Bette Davis in abito da sposa. Le ho cucito un abito bianco simile e le ho regalato una coperta di lana dell'Ecuador. Jesús le ha dato un paio di scarpe nere invece che bianche perché le servivano per il viaggio. Non le ho fatto un velo lungo come quello della diva e non le ho permesso di mettersi le perle perché portano sfortuna. Ho mandato un paio di braccianti in montagna a raccogliere delle orchidee che ho abbinato con dei fiori di maggiorana. Il mazzetto non è riuscito come volevo ma almeno Rosaria aveva dei fiori in mano quel giorno.

Ero felice come se il matrimonio era il mio. Ho cucito da sola il mio vestito. Per fare il vestito ho usato due metri di seta verde smeraldo che tenevo nell'armadio. Avevo comprato la stoffa da Don Omar con i miei soldi. Mi ero fatta prestare la rivista dal signor Stilman e avevo studiato le foto. Quella che mi piaceva di più si chiamava Mary Duncan. Il vestito aveva drappeggi dalle spalle a sotto il ginocchio, era senza maniche, e su Duncan stava a meraviglia perché era molto magra. Ho dovuto fare delle modifiche perché ho il seno enorme e i fianchi più larghi per via delle gravidanze. La mia altezza però mi favoriva e a quel tempo non avevo ancora le vene varicose. Così il mio vestito verde smeraldo mi nascondeva il busto e varie altre parti grosse. Ho aggiunto delle maniche fino al gomito e fatto arrivare l'orlo alle caviglie perché Jesús non mi avrebbe mai permesso di fare vedere le gambe che erano la mia parte migliore. Anche se preferivo andare scalza per casa perché mi si gonfiano i piedi, il giorno del matrimonio di Rosaria per la prima volta mi ero messa un paio di scarpe a tacco alto color crema che andavano a pennello con il mio cappello a tesa larga dello stesso colore. Ho fatto un fiore con della seta rimasta dal vestito e l'ho cucito sul cappello. Avevo anche i guanti dello stesso colore delle scarpe ma li ho tolti dopo la cerimonia nella chiesa a Barcelona perché dovevo preparare il banchetto. Ho ripiegato il vestito verde smeraldo e l'ho avvolto nella carta velina che il signor Bremer mi aveva dato per ricoprire i libri e l'ho messo via in una busta di carta con della canfora. Non mi sono mai più messa il vestito e neanche le scarpe che facevano male a tutti i miei calli.

Avevo preparato cento tamale di pollo e di maiale. E c'erano anche il brodo di pollo e le torte di mais per i ritardatari. La mia cara amica Maria Torres aveva preparato la torta e i dolci a Calarcà perché non sono capace di farli. Jesús aveva preparato tre porcellini da latte da fare arrosto e chiamato dei musicisti. La festa è durata tre giorni e alla fine abbiamo dovuto mandar via gli ospiti.

Quando l'ingegnere ha finito i lavori nella nostra regione ha portato Rosaria a Buenaventura. Da lì sono andati in nave in Perú e poi in Cile da dove mi scriveva lettere descrivendo la loro nuova vita. Jesús era stato triste per un paio di giorni ma poi si è ripreso ed era contento come un ragazzino. Il mio vecchio aveva celebrato il viaggio della figlia con un altro arrosto di porcellino da latte e da bere per tutti i braccianti. Rosaria era quanto lo legava alla memoria di Virtudes e con la sua partenza ha dato un taglio a quel poco che rimaneva della sua prima famiglia.

I due erano innamorati pazzi, ma a Rosaria non piaceva l'idea di lasciare il padre e ancor meno la patria. Era più ostinata di una vecchia cavalla ma l'ho convinta dicendole che uno straniero l'avrebbe trattata meglio di un compatriota. Il signor Stilman non fumava e non beveva e a quanto pare Rosaria era la sua prima innamorata.

"Mia cara," le dicevo ogni giorno, "non fare la stupida. Tu uno così non lo trovavi neanche se lo ordinavi. Smettila e va con lui."

Rosaria non ha dovuto trangugiare tisane di fiori d'arancio come me per rimanere incinta. A Valparaiso ha avuto gemelli che erano l'immagine sputata del padre ma con la stessa calma personalità della madre. Il governo del Cile ha dato a suo marito un lavoro fisso costruendo strade nelle province. Il suo lavoro lo portava spesso via da casa e Rosaria rimaneva sola per lunghi periodi. Mi scriveva le sue lettere piene di errori di ortografia ed era convinta che il marito aveva un'amante perché quando tornava dai suoi viaggi le prestava sempre molta attenzione. Il signor Stilman aveva la mascella di un mulo ma gli occhi celesti lo facevano sembrare un angelo. Il suo corpo puzzava di latte acido e sudava anche quando si faceva il bagno di notte. Questo me l'ha detto Rosaria ma non ho fatto caso alle sue stupidaggini.Il signor Stilman era così brutto che neanche puttane di Monica, che non si fanno scappare neppure un peccatore per le vie di Barcelona, gli chiedevano l'ora se lo vedevano arrivare. Poveretto! Dio non ha pietà e ha scaricato tutta la sua rabbia divina su di lui.

Eccome!

Quando l'avevo visto alla seduta spiritistica di Donna Emperatriz avevo pensato che quest'americano era brutto come il peccato. Per quella ragione e per altre che mi vergogno di dire non potevo immaginare che qualsiasi donna se non la moglie si sarebbe azzardata a andare a letto con lui. La sua bruttezza non dava fastidio a Rosaria. Al contrario per lei assomigliava al quadro di Cristo che c'era in salotto, di profilo con il naso molto dritto e i capelli biondi alle spalle. I baffi erano tagliati precisi con la forbice dal barbiere e non sembravano per niente le pennellate di un pittore sconosciuto. La barba era più folta e pulita di quella del signor Bremer.

Il viso bianco e il collo muscoloso di questo Cristo, ispirato dai sogni dell'artista, non corrispondevano a nessuno da queste parti. Era ovvio che l'artista voleva dargli un'aria famigliare. Il Redentore sembrava aver appena fatto il bagno e essersi profumato. Lo sguardo di un occhio celeste era rivolto verso il lato destro della cornice dorata. Non importava in quale direzione uno si muoveva nella stanza, quello sguardo vuoto lo seguiva da ogni parte. Jesús mi aveva comprato il quadro durante uno dei suoi viaggi. Un prete aveva bisogno di soldi per comprare la casa a una delle sue amanti. Il quadro del Redentore che il prete aveva usato per sdebitarsi con Jesús aveva adornato la sacrestia del suo convento. Io volevo riportarlo al convento ma mio marito me l'ha vietato. "Quel Redentore non lascia questa casa perché anche questa è Terra Santa" aveva urlato Jesús.

E così ho risposto nelle mie lettere che il signor Stilman era un santo e che Rosaria doveva ringraziare il Signore di non avere un marito come il mio che avrebbe fatto la corte anche a un bastone di scopa se portava la gonna. Rosaria si teneva occupata con i bambini, la casa e le sue gelosie. Le ho risposto una volta che avere un marito sempre via da qualche parte aveva dei vantaggi perché il suo ritorno diventava una ragione per far festa.

CAPITOLO XIV

PACHA

A quel tempo Pacha era l'indovina più conosciuta ad Armenia. Viveva nel quartiereA quel tempo Pacha era l'indovina più conosciuta ad Armenia. Viveva nel quartiere Santander e anche se non credevo alle fantasie di una vecchia pazza, ero andata a trovarla. Mi aveva detto di tagliare le carte in quattro, poi le aveva mescolate e mi aveva detto di tagliare il mazzo un'altra volta. L'avevo fatto perché mi piaceva guardare l'abilità di Donna Pacha con le carte. Non sapevo cosa ci facevo là e non mi andava di pagarla per sentirmi dire un mucchio di bugie. Pacha aveva studiato le carte attentamente e senza guardami in faccia mi aveva chiesto se avevo un vestito da lutto. Avevo già sepolto la mia Eloisa, nata morta, e i gemelli Fabietto e Octavio. I vestiti neri mi rammentavano ricordi tristi. Avevo dato via anche quelli più costosi, di seta, ai servi. Eppure mi faceva rabbia che questa vecchia mi stava dicendo che una persona amata stava per morire. La gente vuole sentire profezie di buoni affari o dove trovare una tomba perché un morto stava facendo rumori e teneva tutti svegli. Avevo sempre detto ai nostri cuochi che il motivo perché i mestoli facevano rumore in cucina era perché c'erano topi grandi come cani e li avevo visti.

Anche se mi dava fastidio dover pagare per essere spaventata, avrei preferito seppellire dieci mariti piuttosto che un altro bambino. Non capivo perché Dio mi avrebbe portato via un altro figlio. Amavo tutti i miei figli, ma più di tutti amavo Octavio. Era molto affettuoso, imitava il padre, e comandava i fratelli e le sorelle e i suoi cani. Octavio era il gemello sopravvissuto alla tragica morte di Eva. Ma il suo cuore aveva smesso di battere all'età di tredici anni. Octavio era biondo, aveva occhi celesti e un'espressione malinconica che mi ricordava mio padre. Ogni attimo della sua vita era dedicato a me.

Passavo quasi tutto il giorno in cucina e Octavio era il mio compagno più fedele. Da quando aveva imparato a camminare era sempre tra i piedi. Alle quattro della mattina si alzava con me e gli permettevo d'aiutarmi. Sentivo che osservava ogni mio movimento, gesto e passo. A volte se stava zitto mentre mungevo gli davo come premio un bicchiere di latte caldo. Badavo a lui e lui a me. Lo tenevo d'occhio dalla finestra di cucina mentre faceva il bagno con i cuccioli. Stava nell'acqua per ore e ore fino a quando le labbra gli diventavano blu.

Il giorno che il dottor Orozco gli ha riscontrato i primi sintomi di asma, m'era sembrato che il mondo m'aveva ingoiato. Era solo questione di tempo, e Octavio aveva capito che non ne aveva molto. Jesús aveva i suoi figli, ma io ne avevo solo uno come Octavio. Jesús era stato molto depresso dopo la morte di Octavio perché ora si sentiva mortale. Teneva le scarpe di pelle lucida del figlio in una cassetta insieme ai fiori appassiti del funerale. Gli altri miei figli erano ben diversi come avevo scoperto più tardi.

Beh, Pacha aveva avuto ragione. Tre giorni più tardi un mulattiere mi aveva portato la notizia da Caucedonia. Jesús aveva avuto un collasso per strada e non s'era più mosso per omnia seculorum. Lo studio del dottor Orozoco era a Caicedonia. Era anche il medico di Jesús e gli aveva proibito di bere alcool e mangiare ciccioli. Ma Jesús non dava retta a nessuno e aveva detto che preferiva morire piuttosto che non mangiarsi più roba fritta.

Personalmente ero convinta che mi avrebbe barattato per un piatto di stinchi di maiale con cavolo e fagioli. Non c'è dubbio. La prognosi del medico e la profezia di Pacha lo avevano messo sotto terra. Jesús era morto di infarto dopo aver fatto un controllo medico. Aveva avuto una fitta al petto e uno spasmo durato un secondo. Aveva sempre detto che voleva morire così, non a marcire a letto. Meno male che era stato dal notaio proprio quel giorno per cedermi i diritti di due blocchi di case che possedeva vicino alla piazza principale del paese. Quando era morto Jesús, la montagna e le sue altre proprietà sono state divise tra i suoi sei figli e i miei. I miei figli e io abbiamo ereditato La Primavera dove c'erano i caseifici. Quanto a me, il mio patrimonio era cresciuto grazie al mio lavoro e i miei risparmi.

Nel 1949 siamo andati a vivere nella casa gialla nel quartiere Berlin di Armenia. Il ristorante non rendeva più come prima da quando eravamo andati a vivere a Armenia per motivi di sicurezza. Non potevo controllarlo come una volta e avevo preso un amministratore che ora si occupava del ristorante e di Los Alamos.

Il signor Bremer aveva dovuto lasciare la casetta accanto al ristorante e si era fatto trasferire in Argentina per lavorare a un altro progetto. Di tanto in tanto ricevevo sue lettere in cui mi scriveva di essere andato a vivere con parenti a Buenos Aires.

Avevamo ricevuto la notizia della morte dell'importante politico liberale Jorge Eliecer Gaitan solo giorni dopo il suo assassinio il 9 aprile 1948. Noi del partito liberale abbiamo dovuto lasciare i poderi dove avevamo cresciuto i figli. Jesús era morto e così non aveva visto i corpi mutilati galleggiare nel fiume o i corpi ammucchiati nelle piazze di Cordoba, Pijao e Barcelona. Mio marito ci aveva avvertito tante volte che le cose stavano per peggiorare per i liberali e mi aveva convinto a andare a vivere a Armenia, soprattutto per proteggere i bambini. Una truppa di poliziotti era arrivata nella regione e avevo affittato a loro alcune delle mie case a Barcelona da usare come uffici per il Battaglione Cisneros.

Avevo capito che con la morte di Jesús non avevo più alleati a proteggere i miei interessi. Mi mancava mio marito anche perché come vedova con quattro figli e padrona di terreni gli uomini mi consideravano una preda. Ma non avevo intenzione di risposarmi. Quando Jesús era ancora vivo, quando era via mettevo sempre un paio dei suoi pantaloni a stendere con il bucato. Avevo capito che vedendo un paio di pantaloni stesi a asciugare la gente mi trattava con più rispetto. Se me lo chiedevano, dicevo che mio marito era di ritorno dalle piantagioni di caffè. Ma Jesús ora esisteva solo nella mia mente e avevo solo il mio coraggio e un fucile per proteggermi.

La mia prima decisione era stata di chiudere i pollai e lasciare solo una manciata di braccianti nei poderi. Alcuni erano già stati uccisi e avevo lasciato andare un paio di poderi. A La Primavera, per esempio, gli unici guardiani rimasti erano i bracchi e le oche. Lasciavo da mangiare per i cani nel cortile e cambiavo l'acqua nelle vasche per le anatre. Trovavo sempre degli animali morti nei corridoi e altri rubati. Entravo di soppiatto in posti di mia proprietà ma era l'unico modo per sopravvivere durante questo tipo di guerra. Una volta, mentre stavo dando da mangiare alle galline, era comparsa una banda di circa quaranta uomini tutti armati di fucile. Avevo riconosciuto tra loro dei braccianti che avevano lavorato nei miei caseifici e alcuni erano stati clienti del ristorante. Altri erano i figli dei miei braccianti. I loro padri erano stati uccisi e i figli sopravvivevano di nascosto nei cespugli delle piantagioni di caffè. Erano scalzi e sudavano. Mi avevano salutato per nome, "Buon giorno, Donna Clara".

"Buon giorno signori, come posso servirvi?"

"Possiamo passare la notte nelle sue stalle?" mi aveva chiesto uno di loro, un tipo

con una faccia da pompelmo tanto era coperta dalle cicatrici della varicella.

"Certo" avevo risposto senza esitare.

Avevo aperto la cucina, ammazzato e poi cucinato le galline in uno stufato. Non avevo parlato di idee politiche, tanto loro sapevano le mie.

"E ora Donna Clara" aveva poi detto la faccia da pompelmo, "va bene se ci prendiamo alcuni buoi?"

"Certo, prendete quello che vi serve" avevo risposto cercando di sorridere.

Non ero mai stata molestata e non c'era stato pericolo. Credo che mi ammiravano perché ero una delle poche persone che non avevano del tutto abbandonato i loro poderi. Era come camminare sulle uova e ti sembrava che pagavi con la vita se dicevi una parola sbagliata.

Meno male che Jesús era morto e non vedeva i suoi cavalli correre liberi per i campi aridi con niente da mangiare e senza essere curati da nessuno. Molte case erano state bruciate, anche le mie. Quando Monica mi aveva fatto sapere che Los Alamos era in fiamme era già troppo tardi. La mia casa di fango e bambù era bruciata come carta lasciando solo i pali di lignum vitae. Tra le ceneri del ristorante ho trovato un sacchetto scampato all'incendio perché nascosto sotto una tramoggia di pietra. Quando l'avevo toccato, la stoffa ingiallita s'era sbricciolata e una polverina bianca era caduta e mi erano rimaste tra le mani le ossa di un'altra mano. Altre ossa erano cadute per terra, diventando polvere anche loro. Mi aveva fatto pensare alla volta che avevo visto Jesús rosicchiare la mano di una scimmia. Non avevo fatto caso alle chiacchiere delle cameriere, ma si vede che queste ossa erano lì da molti anni. Le donne dicevano che qualcuno cattivo ci aveva fatto il malocchio. Ma poi avevo cominciato a avere dubbi perché ne avevo la prova tra le mani. Di solito non avevo mai creduto nella buona o cattiva sorte. Sarebbe stato come dare troppa fiducia al destino. Ognuno è responsabile del buono e del cattivo della vita. Personalmente avevo scelto di fare quello che mi piaceva. Non sentivo passi nella notte o i colpi dei mestoli nei cassetti della cucina come gli altri. Ma dicevo il Padre Nostro lo stesso per salvare l'anima di Eva dal tormento.

E così è la vita. Malocchio o meno, Armenia era il posto più sicuro dove vivere perché c'era sempre il coprifuoco di notte. Ero passata dal vivere una vita di campagna a vivere una vita in una città dove c'era una sola via principale lunga come quelle a Barcelona.

Le finestre e le porte di casa erano sempre tenute chiuse e si bisbigliava. Jesús non avrebbe mai retto quest'esistenza reclusa, tanto meno in una casa piena di bambini.

Il suo infarto gli avrebbe impedito di girare per il quartiere Berlin. La volta che un paio di mascalzoni lo avevano aggredito alla porta di casa era così ubriaco che non si era accorto di quello che gli era successo. Dato che quando Jesús era ancora vivo non andavo a dormire fino a quando non era rientrato, e sentendo dei rumori fuori casa avevo guardato dalla finestra e visto due ladri che stavano aggredendo mio marito. Ero uscita con la pistola in pugno e avevo sparato per aria. Gli avevano rubato il cappello e la cartella, ma il giorno dopo Jesús non si ricordava di niente.

TERZA PARTE

CAPITOLO XV

BERLIN

Berlin era un quartiere di lusso ad Armenia. Molti di quelli scappati dalla campagna erano andati a vivere lì. Per arrivare a Berlin era quasi come scalare una montagna perché tutte le case erano state costruite in alto. Andarci d'inverno era impossibile per macchine e animali perché cadevano nelle vie inundate d'acqua. Alcuni si erano stabiliti a Berlin per le nostre stesse ragioni, come per esempio la famiglia Tarquino, che era composta dal capofamiglia, dalla madre e da un sacco di bambini. Le distinzioni sociali non esistevano perché avevamo tutti le stesse origini e la paura ci univa come i rifugiati in una grotta. La pace nel quartiere era durata solo fino a quando il mio figlio maggiore era tornato dal seminario con idee nuove.

La famiglia Tarquino aveva dodici figli. Don Pedro litigava continuamente con le sue figlie e era molto severo con i maschi. Le ragazze più grandi giocavano con i miei bambini e quando dovevo andare a La Primavera, venivano a stare a casa mia e mi guardavano la più piccolina. Le trattavo come figlie e mi raccontavano tutto quello che Dionisio aveva combinato mentre ero via. Le femmine frequentavano la Scuola Ufficiale per Ragazze e i maschi andavano alla Scuola Rufino. Dalla finestra sul retro della casa li vedevo marciare con le loro uniformi bianche lungo il Camino del Navegante che nella stagione piovosa era l'unica via percorribile del quartiere. Le ragazze uscivano alle sei della mattina, tornavano a casa per il pranzo, e poi ritornavano a scuola. Una volta avevo chiesto a Estelita quanto ci metteva a piedi per andare e tornare e mi aveva risposto come se era niente che ci voleva un'ora. Non riuscivo a capire come le ragazze Tarquino potevano rimanere così pulite con tutto quel fango. Donna Ines, la mamma, non concedeva una macchiolina di fango sulle scarpe, per non parlare poi dei pavimenti di legno che le ragazze lavavano e lucidavano ogni sera.

Dionisio aveva riparato un fonografo rotto. Ma suonare la musica a casa era proibito perché faceva pensare a posti come quello di Monica. Jesús ci aveva portato il fonografo e un grande specchio da uno dei suoi viaggi. Aveva barattato due sacchi di zucchero di canna con uno che vendeva roba da Medellin. Beh, mio marito si era subito messo a comprare dischi e me li suonava ogni volta che si ubriacava. Quello che gli piaceva di più andava, "Non ti riesce più di far quello che riesce alle donne". Mi ero stancata di sentire quella canzone e la sua presa in giro. Una sera che era venuto al ristorante ubriaco fradicio e aveva acceso il fonografo ero saltata giù dal letto tutta arrabbiata, avevo buttato l'altoparlante nel fiume e gli avevo tirato i dischi in testa. Non so proprio come non lo avevo ferito gravemente. Non gli avevo parlato per giorni e alla fine, per fare la pace, Jesús mi aveva comprato uno scialle spagnolo e regalato una delle sue scrofe che stava per partorire.

Avevo tenuto il fonografo quasi come bottino di guerra, ma non aveva funzionato fino a quando Dionisio l'aveva riparato. Aveva costruito un altoparlante e l'aveva attaccato alla macchina. Organizzava feste in casa nei pomeriggi con bibite e paste e invitava tutta la famiglia Tarquino e gli altri vicini. Più tardi, quando ritornavo dai poderi, tutta stanca, le ragazze mi raccontavano tutti i dettagli della festa alla quale non ero stata invitata.

I Tarquino mi avevano detto che Dionisio aveva pianto la morte di Jesús per mesi. Radunava tutti i bambini in salotto, dava loro le dalie che aveva raccolto nei campi e li faceva passare in fila davanti a una scatola di metallo mentre lui cantava e gli altri restavano in un silenzio assoluto. Mi ero resa conto molti anni prima del talento musicale di mio figlio. Don Omar Ozman, il venditore ambulante che passava da Los Alamos ogni tre mesi, mi aveva detto che Dionisio aveva tutte le doti necessarie per fare il cantastorie perché fin da bambino imparava a mente lunghe conversazioni e le trasformava in canzoni. M'ero offesa e avevo smesso di comprare dal turco. Non c'era dubbio però che avrei dato a mio figlio i migliori maestri di musica e di canto se era quello che lui voleva.

Una cosa che mi turbava molto era quanto i miei due figli più grandi soffrivano per la mancanza di Jesús. Dionisio aveva quindici anni e Leonardo un anno meno. I due più piccoli non sembravano soffrire così tanto. Avevo mandato Dionisio in seminario perché pensavo che sarebbe stato più al sicuro lì e se poi decideva che fare il prete non era per lui, allora poteva dedicarsi al canto. In seminario poteva imparare il latino, il greco e anche il tedesco. Non potevo offrirgli altro che incoraggiamento e sostegno economico e vivevo con la paura costante che saremmo stati tutti uccisi da un momento all'altro. Volevo un futuro almeno per i miei figli. Poco a poco ero riuscita a mandarli a collegio. I maschi li avevo mandati dai Mariani e la più piccola dalle suore della Presentazione. Non volevo esporli alle cose tremende che avevo visto negli occhi degli orfani che avevano visto i genitori tagliati a pezzi, le mamme vedove e incapaci di parlare, le facce stravolte degli uomini che si distruggevano l'uno l'altro.

CAPITOLO XVI

L'OCCUPAZIONE DEI COLONI

Il Bellavista era il podere più grande che avevo ereditato da mio marito. Avevamo lavorato fianco a fianco su quella montagna, Jesús ed io. Avevamo piantato il caffè di tipo arabica e robusta e avevamo dovuto portare taniche fatte di bambù piene d'acqua quando c'erano stati quattro mesi di siccità e piantare alberi per dare ombra per proteggere le piante di caffè. Avevamo più di duecento mucche e cavalli nelle stalle, e quando si faceva il raccolto c'erano almeno cinquecento uomini a raccogliere a mano i baccelli di caffè. Ma a cominciare dal 1963 Bellavista era stata occupata dai coloni. Quaranta famiglie avevano occupato la mia proprietà e se ne sono andate solo dopo aver venduto i loro piccoli appezzamenti ai miei nemici che volevano impadronirsene.

Data la violenza presente nella regione, avevo smesso di andare non solo a La Primavera e Los Alamos, ma anche a Bellavista. I miei vicini mi avevano consigliato di non ritornare in montagna fino a quando le cose non si calmavano. Alcuni amici si erano trasferiti a Cali e Bogotà e altri erano andati all'estero con i loro bambini. Ma questa era terra mia e non avevo tempo da perdere in lamentele. Ad ogni modo avevo cercato di tenere i miei figli al sicuro, ma allo stesso tempo era impossibile tenere il mio Leonardo lontano da queste pericolose vicende. Era stato presente all'assassinio dell'amministratore di Bellavista. La gentaglia era arrivata all'improvviso al podere e dopo aver legato insieme tutti i braccianti, lo avevano fucilato davanti a loro e alla moglie. Leonardo aveva sentito uno degli assassini dire, "Se lo meritava, brutto crumiro."

Mio figlio aveva passato la notte al podere perché presto la mattina dopo doveva portar via un carico di caffè da vendere al magazzino del signor Arango, ma quando aveva sentito gli spari se l'era squagliata per i campi della piantagione. Era arrivato a Armenia con la faccia di uno che era scappato dalle grinfie del diavolo. Aveva solo diciassette anni, ma lo sguardo sembrava dire che era stato cambiato per sempre. Ora sorrideva solo quando vedeva una donna.

Mi ero spaventata ancora di più quando aveva sparato al cane che mangiava le uova. Era come se faceva pratica per una preda più grande. Mi faceva tanta pena vedere il veleno nei suoi occhi verdi perché avevo capito che prima o poi uomini e donne sarebbero stati le sue vittime. Anche se mi ubbidiva docile come un agnellino, era spietato con quelli che considerava inferiori. Era infallibile nel percepire il pericolo, una buona dote nel nostro mondo in continuo fermento. Era bene essere pronti ad affrontare un attacco. Ma non mi piacevano i suoi amici e ancor meno le sue donne. Aveva avuto il primo figlio illegittimo a diciotto anni.

Leonardo era diventato uomo da giovane e si trovava a suo agio nel caos. Mi doleva vedere che non era mai stato un adolescente e sembrava essere diventato un adulto indurito da un giorno all'altro. Inoltre, la sua personalità era così piena di difetti che mi riusciva difficile darmene colpa. Conoscevo mio figlio maggiore Dionisio dalla testa ai piedi. Dopotutto, non era tanto difficile conoscere qualcuno che ti spiattella tutto quello che gli passa per la testa. Ma Leonardo annientava le sue vittime senza lasciar traccia. Non ho mai saputo chi erano le sue vittime, ma ero consapevole del suo respiro pesante e dei suoi lunghi silenzi. Il mio intuito mi diceva che seguiva le regole dettate dalla violenza ma non ho mai osato chiedergli il quando, il dove o il come del suo agire implacabile.

Una sera troppo silenziosa non ero riuscita a avvicinarmi più di qualche chilometro dall'entrata principale dell'hacienda Bellavista perché l'autista si era rifiutato di andare avanti. Avevo un carico di mais per il bestiame e una pistola nella borsa. C'erano alcuni uomini muniti di bandiere rosse all'incrocio con una strada trasversale. La strada era stata chiusa perché da un giorno all'altro la montagna era diventata proprietà della collettività. Il motto era "La Terra appartiene a chi la lavora, non ai padroni." Era scritto sulle bandiere e era quello che i contadini urlavano.

Le loro capanne di paglia e fango erano sparse lungo tutta la strada. Alcune avevano il tetto di foglie di banano, altre di cenci e sacchi. Una sola aveva il tetto coperto da lastre di plastica che avevo riconosciuto perché erano state prese dalle tavole della sala da pranzo del ristorante. Era un cimitero per vivi e non un villaggio.

Ero scesa dal camion con una mano sulla pistola nascosta. Un uomo mascherato, a quanto pare il capo gruppo, s'era avvicinato e s'era tolto il cappello, e poi aveva teso la mano e mi aveva salutata come se ci conoscevamo. Non gli avevo stretto la mano, ma lui aveva ignorato il mio rifiuto come se se l'era aspettato. Avevo notato che era un po' calvo e puzzava tanto.

"Donna Clara farebbe bene a ritornare a casa all'Avenida Bolivar. Questo non è posto per una signora come lei."

"Chi siete?" avevo chiesto, sempre con la mano sulla pistola nascosta, pronta a sparare.

" Non importa. Ora i padroni della montagna siamo noi. L'avete abbandonata e tanto non ne avete bisogno. Sappiamo che avete altre hacienda e non siete povera. Vogliamo questa terra e dobbiamo averla per sfamare i nostri figli."

I pochi bracchi che erano rimasti alla casa di Bellavista erano corsi da me, scodinzolando e salterellando. A quanto pare erano gli unici rimasti a darmi il benvenuto. Bambina, una cagnolina buona solo a fare cuccioli, aveva fatto la pipì dalla gioia di vedermi.

"Donna Clara" aveva detto il capo gruppo, "questa bestiolina ora vive con noi. È molto grata e mangia di tutto."

Devo ammettere che l'uomo era stato molto ben addestrato. Parlava bene e rispettosamente. La sua cortesia mi aveva agitato ancor più della maschera e il fucile a tracollo. Era molto sicuro di sé in questa terra che non gli apparteneva.

"Sentite, non ho voglia di stare a giocare. Cosa volete voialtri?"

"La terra."

Prima di tutto non riuscivo ad ammettere a me stessa che non potevo metter piede sulla mia proprietà perché un branco di poveracci sporchi mi aveva sbarrato la strada. Secondo, erano convinti che non c'era legge che poteva fermarli. Ma mi ero seriamente sbagliata perché erano di fatto protetti dalla legge. Non si trattava di una miserabile plebaglia che da un giorno all'altro si era impadronita della montagna.

L'atteggiamento insolente di questi uomini mascherati che mi avevano circondata dimostrava che erano pronti ad attaccare e a difendersi, se necessario, con sassi. Le loro facce erano coperte con stoffa nera e sacchi di carta con buchi per gli occhi. Perché non si erano comportati da veri uomini e fatto vedere la faccia? Ero una donna tutta sola. Erano in dieci e io, da sola, li avevo affrontati con coraggio. Certo, avevano più paura di me. Ma in gruppo erano pericolosi e non avrebbero esitato a eliminarmi.

Subito dopo avevo consultato un colonnello dell'esercito che mi aveva detto senza esitare, "Faccia attenzione, Clara. Sono comunisti. Stiamo per mandare l'esercito e Lei non deve farsi vedere da quelle parti. Abbiamo messo delle spie tra loro e a quanto pare la Sua vita è in pericolo."

"Senta, se Lei crede che mi piscio addosso e mi nascondo come una bambina, si sbaglia molto. Non c'è comunista che mi fa paura."

A dire il vero, non avevo paura dei comunisti. Invece, temevo i conservatori ai confini di Bellavista. Non mi sarei sorpresa di venire a sapere che volevano le proprietà per loro stessi e che si erano messi d'accordo con una banda di sicari, portandoli a fare massacri. Molti dei liberali della regione erano stati uccisi da loro.

Ma, secondo le informazioni ottenute dal colonnello, l'occupazione era stata organizzata a Bogotà. Quando i contadini avevano alzato le loro bandiere a Bellavista erano sicuri del fatto che il governo avrebbe dato la proprietà.

Mi ero data da fare e ero riuscita a far mandare alcuni soldati dell'ottava brigata per mettere la zona sotto controllo militare. E così avevo potuto togliere un po' dei miei averi da Bellavista. E ero stata costretta a andare dagli avvocati. Fare causa era l'unica via possibile per cercare di riavere la mia proprietà. Purtroppo sono rimasta incastrata e ho pagato quattordici avvocati per cinque anni. Li avevo impiegati tutti allo stesso tempo e ho pagato parcelle molto elevate, ma per niente. Era difficile capire chi tra loro era il più stupido. Loro stessi non sapevano mettersi d'accordo e avevano fatto sì che la causa era diventata un pasticcio legale. Non erano esperti delle procedure legale richieste e l'unico consiglio che mi avevano dato era di scordarmi di Bellavista e lasciare la proprietà in mano a chi l'aveva occupata. Mi ero poi rivolta al governo. Credo che invece di difendermi molti degli avvocati erano diventati i miei nemici più temuti. In poche parole, m'avevano tradita o perché codardi o perché mascalzoni. Quelli che avevano organizzato l'occupazione di Bellavista avevano anche minacciato alcuni dei miei avvocati e gli altri s'erano lasciati comprare per poco.

Il mio avvocato principale, il dott. Arcila, aveva lo studio a Calarcá, accanto alla Banca del Caffè. Mi era stato raccomandato dal mio amico Obdulio Barrios perché era riuscito a recuperargli del bestiame rubato. Dalle sue finestre senza tende si poteva vedere quelli che vendevano i biglietti della lotteria e gli ambulanti in piazza Bolivar. Sulla scrivania c'erano sempre mucchi disordinati di carte e due portacenere colmi di cicche di sigarette Pielroja. Sul muro c'era una laurea dell'Universidad Externa de Colombia, un certificato di un corso in Messico e una sua foto che stringeva la mano all'ex Presidente Laureano Gomez.

Non mi importava tanto che era conservatore, ma il fatto che era calvo e zoppicava mi aveva fatto sospettare e non mi ero sbagliata. Avevo ben presto scoperto che suo fratello aveva un'hacienda accanto alla mia a Bellavista. Il dott. Arcila voleva farmi perdere il podere perché, tra l'altro, suo fratello o forse lui stesso avrebbe poi potuto comprarlo per quasi niente dai contadini che la occupavano.

Gli avvocati dei contadini avevano corrotto alcuni dei miei avvocati. Ogni mossa legale che avevo usato che ottenere lo sfratto era stato rifiutato dai giudici perché i contadini sapevano tutto in anticipo. Ma non riuscivo a rassegnarmi. Passavo le notti in bianco leggendo e analizzando le nuone leggi sulla distribuzione dei terreni.

Potevano espropriare Bellavista solo in base a una legge? Chi era contro di me? Cosa avrebbero fatto della mia terra? L'idea era di dividere tutto con i poveri e agli occhi dello stato ero una latifondista. Ma non ero anch'io una di loro? Chi aveva sempre da mangiare pronto per quei contadini che ora m'erano ostili? Io, Donna Clara, avevo sfamato e tolto la sete a tante famiglie perché sapevo bene cosa voleva dire mangiare uova solo una volta all'anno. Anche il mio stomaco aveva sofferto l'agonia della povertà. Avevo sudato sangue lavorando quelle foreste impenetrabili. Jesús aveva abbattuto querce, scoperto sorgenti d'acqua, scavato pozzi e esplorato tutta la montagna alla ricerca d'oro. Ma non aveva visto che facendo tutto questo aveva trasformato quel posto assurdo per sempre. Che tristezza! Mio marito era morto senza aver mai capito che la montagna Bellavista era il tesoro che cercava.

I miei avvocati imbroglioni avevano accusato i contadini che occupavano la mia proprietà di essere sul libro paga dei comunisti. La riforma agraria li aveva considerati nullatenenti che lottavano contro di noi, i latifondisti crudeli padroni di migliaia di ettari che si arricchivano con il sudore degli altri. Lo stato considerava suo dovere consegnare la terra ai contadini per il bene e per il progresso del paese.

In proprio non mi consideravo dalla parte dei cattivi, di quelli che si erano impadroniti di terreni a cui non avevano diritto. Parlavo la stessa lingua della gente che minacciava perfino di uccidermi. Lettere anonime erano arrivate a casa dicendomi di mandar via i militari da Bellavista o di preparami per la bara. Avevano fatto di tutto per intimidirmi. Avevano telefonato ripetutamente per insultarmi. Non riconoscevo le voci ma le facce sì. Non mi avevano guardato in faccia, ma sapevo la storia di ognuno di loro. Molti avevano raccolto il caffè all'hacienda e avevo tagliato il cordone ombelicale a molti altri che avevano lavorato per me quando il dott. Orozoco non era arrivato in tempo. Avevo salvato la vita a tanti di quei bambini.

Ma non avevo indietreggiato. Avevo fatto indagini per conto mio e avevo assunto un avvocato comunista a Bogotà, il dott, Alfonso Romero Buj. Si vince il fuoco col fuoco e in questo caso chi meglio di uno di loro? Alfonso aveva una buona reputazione sia con gli amici che con i nemici. A dire il vero i comunisti non erano tanto cattivi.

La moglie del dott. Alfonso, Nidia, era molto carina, snella, con i cappelli neri ondulati. Alfonso e Nidia erano diventati come figli adottati perché avevano passato molto tempo a Armenia. Li avevo fatti alloggiare all'Albergo Atlantico. Quando mia figlia Marta Maria aveva avuto il terzo bambino le avevano regalato una carrozzina blu. Bogotà era molto fastidiosa per via del freddo. E poi Nidia odiava la politica. Avevo consigliato a Alfonso di prestare più attenzione alla moglie e di non lasciarla tanto sola. Secondo lui, però, il lavoro in altre città e i viaggi all'estero lo costringevano a stare via. Dopo Alfonso mi aveva confermato quello che era stato scritto sui giornali, che Nidia aveva abbandonato la famiglia.

Per farla breve, Alfonso era riuscito a farmi avere un appuntamento con il Procuratore Generale di Colombia. Data l'importanza del mio avvocato e, in particolare, di una lettera che avevo inviato all'Egregio Procuratore, eravamo riusciti a farci ricevere nello studio di questo eminente rappresentante del governo federale. Alfonso mi aveva accompagnata all'appuntamento. Avevo mostrato al Procuratore Generale l'atto comprovante il fatto che la proprietà mi apparteneva. Lui aveva accettato il documento e mentre lo leggeva in silenzio, il mio avvocato l'aveva letto a voce alta.

"Nella città di Armenia, circuito notarile dello stesso nome, dipartimento di Caldas, Repubblica di Colombia, dinnanzi a me, Gonzalo Toto Patino, deputato notaio del circuito, e dinnanzi a testimoni.... Attesto che la signora Clara de Márquez, che conosco personalmente, possiede il podere chiamato 'BELLAVISTA' in località 'RIO VERDE' nel distretto municipale di Calarcá. La proprietà è stata registrata con atto numero mille cento e novanta uno (l191) il diciassette (17) luglio dell'anno mille novecento cinquanta sette (1957)...."

"Non c'e' bisogno di leggere oltre, dott. Romero" aveva detto il Procuratore Generale, "Anch'io so leggere."

Non c'era alcun dubbio che ero la proprietaria di Bellavista. E così avevo fatto la proposta che dato che non volevo fare parlare un avvocato per me e se il governo era veramente interessato a proteggere tutti i suoi cittadini, ero disposta a vendere la proprietà al governo. Dopo cinque anni di liti e trattative l'ufficio del Procuratore Generale mi aveva dato ragione e il governo aveva pagato molto meno per Bellavista di quanto valeva. Lo stato aveva comprato l'hacienda Bellavista da me, l'aveva suddivisa in lotti e rilasciato atti di proprietà per quegli appezzamenti ai contadini che li avevano occupati.

Dopo la riforma agraria i contadini avevano venduto i loro lotti ad altri per motivi di pressione politica, pura avidità o perché non erano riusciti a lavorare la terra o perché non avevano soldi. Tutti ci avevano perduto: lo stato, i contadini e la mia famiglia.

CAPITOLO XVII

IN MIA DIFESA

Avevo scritto una lettera al Procuratore Generale e il mio avvocato comunista me l'aveva corretta. Quanto segue è il testo della lettera al Procuratore Generale della Colombia che lui aveva ricevuto prima del nostro incontro nel suo ufficio di Bogotà.

Per ancora quanto tempo, distinto Procuratore Generale, i coloni che occupano Bellavista potranno continuare a abusare della sua e della mia pazienza? A quali estremi rimedi saremo costretti da tale audacia senza limiti? È forse possibile che questa gente esasperata non temi né Dio né le autorità? Come possono non essere allarmati dal controllo giorno e notte da parte dell'esercito e dalle parole del Governatore e del Arcivescovo?

Non capiscono che il nostro piano d'azione non cambierà e che la reputazione nostra e della nazione verranno irreparabilmente danneggiate se non si riesce a arrivare a un accordo? Signor Procuratore Generale, non si rende conto che tutti noi sappiamo quali siano le loro intenzioni? Pensa davvero che io non sappia che questi coloni Le hanno inviato una lettera insistendo che io conceda loro Bellavista?

Alcuni dei cospiratori hanno convinto molta gente che Bellavista non produce niente perché io non lavoro la terra. Ovviamente ho dovuto lasciare la montagna perché la plebaglia conservatrice voleva uccidermi, come aveva assassinato alcuni dei miei conoscenti liberali. Signor Procuratore Generale, se Lei vivesse in queste montagne vedrebbe i corpi mutilati portati via dai fiumi. Non pensi che abbia lasciato la montagna perché non mi serve dato che ho altre proprietà. Mi hanno obbligato a lasciare la mia terra. In nome di partiti politici la nostra terra ora è satura dell'odore della morte.

Se sono riuscita a sopravvivere a tutti questi anni di violenza è solo perché ho amici ovunque. Non sono a capo di nessun partito e non appoggio i candidati o i cacique della regione. Non ho mai sfruttato i miei braccianti. Li ho pagati bene, li ho portati dal dottore quando necessario, li ho vestiti quando non avevano niente e ho mangiato con loro. Mi sento confusa quando ora mi chiamano padrona perché è la prima volta che mi chiamano così. Vengo trattata con disprezzo e diffidenza perché non permetto che la mia terra mi venga sottratta. Per l'amor di Dio, in che tempi si vive! Che maniere! Che impudenza!

Il Governatore è al corrente di quanto sopra, come pure alcuni Senatori, e il caso è perfino arrivato agli orecchi del Presidente. Ma i coloni continuano con la loro occupazione e devo chiedere il loro permesso per metter piede sulla mia proprietà. Temo anche per la mia vita e quella della mia famiglia. Cosa farebbe Lei se un giorno tornando a casa non potesse neanche entrare in giardino perché degli estranei ora vivono a casa sua? Cosa penserebbe? Che Lei è andato all'indirizzo sbagliato o è impazzito? Cosa farebbe se, oltre a vedersi tolta la casa, venisse minacciato e dovesse far volta faccia, con tutto il dovuto rispetto, con la coda tra le gambe? In che tempi viviamo! È come se gli uccelli si fossero messi a sparare ai cacciatori.

E noi cittadini crediamo che i rappresentanti dello Stato ci debbano proteggere dall'invidia, dall'odio partigiano e dagli imbrogli dei cosiddetti comunisti! Il nemico vive tra di noi e cerca, con la pistola in mano, di eliminare quel minimo equilibrio che ci rimane. Che razza di gente siamo? In che razza di città viviamo? Che razza di repubblica abbiamo? Non capisco niente del comunismo. Però si dice che dietro i comunisti ci siano traditori pubblici che bramano queste proprietà. La gente che oggi spinge i coloni all'insubordinazione contro la nazione è la stessa gente che ha terrorizzato contadini e proprietari. Tra i quattordici avvocati che mi rappresentano in questa causa senza fine anch'io ne ho un paio fedeli. Tutto viene a galla, signor Procuratore Generale! Alcuni mi hanno detto di avere perfino i nomi dei conservatori che hanno già fatto offerte per comprare le chagra, gli appezzamenti. Non dubito delle buone intenzioni del governo, ma Lei non deve chiudere gli occhi e far finta di non vedere i nemici che vogliono arricchirsi approfittando dei contadini e della gente come me.

Lo so che sono presa di mira da quelle persone che si chiamano i difensori dei braccianti. Ma non si rende conto che anch'io sono una contadina senza terra, un'altra persona cacciata dalla montagna? Sono una donna semplice e umile. Non sono andata a scuola e tutto quello che so l'ho imparato all'università della vita. Anche'io sono cresciuta senza genitori, ricchezze e lussi sia da bambina che da adolescente. Di quale povertà sta parlando questa gente scalza? Io lo so cos'è la miseria e essere abbandonati. E questi stessi uomini che hanno niente ora mi accusano di essere una latifondista, di avere usurpato la loro terra, di avere rubato loro il pane di bocca. È possibile che neghino il fatto che da sfortunati abbiano il diritto divino alla bontà? Che essendo poveri debbano avere un cuore buono? Io conosco i piensieri brutti che vengono quando si ha la pancia vuota. Non raccontatemi storie! Il risentimento e l'invidia non appartengono solo ai potenti ma sono nascosti nelle anime di tutti i cristiani.

Quanto ancora bisogna aspettare signor Procuratore Generale? Lei ha il potere di decidere il futuro sia di queste famiglie sfortunate che della mia disperazione. Mi libererà da una grande paura se quando entrerò nel Suo ufficio mi dirà in faccia che non ho nessun diritto a queste terre perché così comanda la legge. Né io né loro soffriremo quando, con il Suo munifico potere, autorizzerà l'acquisto di queste terre e mi pagherà per il sangue e le lacrime che ho versato per estrarre il raccolto dalla montagna.

Anch'io sono cittadina colombiana e come tale ubbidisco alle leggi della nazione. Ho pagato le imposte, ho fatto offerte alla chiesa, agli orfanatrofi, alle case di riposo, agli ospedali e alle prigioni.

Signor Procuratore Generale, la giustizia è nelle Sue mani. Sono solo una vedova con figli e una cittadina disperata che si rivolge a Lei per aiuto.

Serva Sua,

Clara de Márquez

Numero d'identità fiscale 4.442.694

Rilasciato a Armenia, Caldas

CAPITOLO XVIII

POLANCHO

Il governo comprò l'hacienda mediante l'Istituto Colombiano di Riforma Agraria.

Per anni avevo passato un periodo di lutto per la perdita di Bellavista. Dopo che lo Stato aveva suddiviso la montagna in piccoli appezzamenti, il governo in carica aveva portato il capo dei coloni che avevano occupato le terre alle Nazioni Unite per congratularsi del successo della riforma agraria.

Polancho era il figlio illegittimo di Don Nacianceno. Tutti a Bellavista sapevano chi era sua padre, eccetto Don Nacian. Sua madre lavava e stirava i nostri panni. Portava Polancho da noi, tenendolo per mano, e lo metteva a sedere su una panchina in cucina. Le piaceva passare le giornate all'hacienda perché suo figlio poteva mangiare come un maialino. Gli davo un tamale e il ragazzo lo divorava con la voracità di un coccodrillo. Mangiava anche le foglie di banano piegate intorno al tamale nel piatto. Non ho mai sentito la voce di Palancho, e lui comunicava con la madre a gesti. Lei mi aveva detto che il figlio era stupido. L'ho rivisto da adolescente e Don Nacian mi aveva chiesto di farlo lavorare alla raccolta del caffè. È rimasto a Bellavista fino al giorno quando hanno tagliato la gola a Don Nacianceno, a sua madre e alla sua sorellina. Il ragazzo è scappato via e per anni non ne avevo saputo più niente. Un giorno però avevo visto la sua foto sul giornale. Era accanto al Ministro per l'Agricoltura e avevo riconosciuto i suoi occhi dallo sguardo circospetto che non erano cambiati da quando era bambino.

Palancho era stato mandato in quasi tutti i paesi del sud America come rappresentante e esempio delle nuove leggi sul possedere proprietà. Non sapeva leggere o scrivere, ma i funzionari del governo si servivano della sua ignoranza per condurre alla rovina gli stessi contadini che lui rappresentava, incluso me. Poco a poco Bellavista era stata scucita, come un copriletto di stoffa fatto di brandelli. I diseredati avevano dovuto vendere i loro due ettari di terra perché morivano di fame. Il governo aveva prestato il denaro per la raccolta, ma non potevano ripagare, e molti avevano dovuto ipotecare i poderi. Naturalmente la banca si era ripresa la terra e poi l'aveva rivenduta a poco. I coloni non avevano previsto quanto faceva freddo d'inverno e quanto lunghe erano le estati e la conseguente rovina della raccolta del caffè. Bellavista era stata divisa in modo arbitrario. Alcuni lotti avevano acqua ma non potevano essere coltivate perché erano infossate e non cresceva niente in quei posti maledetti. Altri lotti avevano posto per due file di caffè ma non c'era un goccio d'acqua. Da alcuni lotti non si poteva trasportare neanche un sacco di caffè perché non c'era strada. Nei lotti che erano vicino alla strada statale non erano riusciti a coltivare neanche un pomodoro perché quando il fiume era in piena si portava via tutto.

Il governo aveva avuto le migliori intenzioni con Bellavista e aveva usato la demagogia per convincere un'intera nazione e un continente che era possibile avere progresso. C'erano stati altri governi e Polancho aveva ricevuto dell'altra terra per zittirlo e dimenticare l'insurrezione di Bellavista. Quando Polancho aveva chiesto ancora più terra dal Ministero dell'Agricoltura, il segretario privato del ministro gli aveva detto che non facevano beneficenza. Anni dopo Polancho mi aveva mandato una lettera chiedendo il mio aiuto perché le autorità lo stavano cercando perché accusato di essere un bandito. Era vero. Il figlio della lavandaia era diventato uno degli uomini più ricercati del paese. Una ricompensa era stata offerta per qualsiasi informazione che poteva servire a trovare Polancho, quell'imbecille. Era stato accusato di avere rubato dalla tesoreria nazionale e di avere attentato alla sicurezza dello stato. Durante un'irruzione della polizia e più di cento soldati era stato crivellato da pallottole. Stava cercando di fuggire dalla casa della sua amante su un podere vicino a Barcelona.

La stampa nazionale aveva presentato Polancho come uno degli assassini più sanguinari della storia del paese. Ma nessuno si era ricordato chi aveva cominciato l'occupazione di Bellavista e che lui era il prodotto di un mondo violento. Poi nel 1976 avevo letto un rapporto speciale ne El Tiempo che Alfonso, il mio nobile amico e consigliere, era stato ucciso da due sconosciuti mentre stava uscendo dal suo studio di Bogotá.

CAPITOLO XIX

IL MIO ESILIO

A quel tempo avevo perduto Fabio. Lo avevo battezzato con lo stesso nome del gemello morto pochi giorni dopo esser nato. Erano così uguali che avevo immaginato che Dio me l'aveva ridato per portare a termine il suo destino. Lo avevo mandato a Medellin a studiare legge. Avevo bisogno di un rappresentante legale in famiglia che non mi avrebbe derubato e, anche se lo faceva, era tutto in famiglia. Ogni volta che c'erano problemi all'università, Fabio veniva a Armenia e ci rimaneva mentre le proteste continuavano.

La morte di Fabio è sempre stato un mistero per me. Dal momento della sua improvvisa scomparsa, mi sono chiusa al mondo. Nel settembre 1965 Fabio aveva compiuto 26 anni. Era un ciclista campione, giocava a palla a canestro e a calcio. Quando aveva bisogno di soldi mi chiamava "tesorino mio". Facevo l'occhiolino per fargli capire che poteva prendere il denaro dal cassetto della mia scrivania. Era come un continuamento dello spirito di Octavio ma nel corpo di Fabio, il piccolo gemello. Aveva le sopraciglia folte e le labbra piene di suo padre. Temevo che si sposava prima di finire gli studi perché aveva tante ragazze. Avevo sentito parlare delle sue avventure. Ma non lo avevo criticato fino a quando era andato troppo in là con Estelita Tarquino, la figlia dei padrini di uno dei miei bambini, nel quartiere di Berlin. La ragazza era diventata una nera molto bella e graziosa, con un vitino da vespa. Avevo sentito dire dalla sua bocca parole di disgusto quando era venuta a trovarmi e mi aveva portato dei dolci. Stava camminando lungo la 21esima strada di Armenia quando aveva sentito qualcuno che suonava il clacson di un camion. Era Fabio.

"Dove posso portarti, negretta?" mio figlio aveva chiesto.

Era salita sul camion. Lui aveva immediatamente messo la mano aperta sul sedile mentre lei si sedeva.

"Idiota! Ma che fai? Non fare l'imbecille," lei aveva detto con rabbia.

"Non vedi che sono come una sorella?"

Estelita aveva ragione perché le Tarquino erano come figlie per me. Però dubitavo della verità di questa storia e allora avevo interrogato Fabio in presenza di Estelita e lui era arrossito.

"Mamma, era così bella che non mi potevo trattenere."

Più tardi Fabio mi aveva confessato che non l'aveva riconosciuta per strada perché non la vedeva da quando era partito per andare in collegio e poi per l'università. Tuttavia, la figlia dei miei vicini di Berlin lo aveva perdonato e a volte penso che lo aveva provocato. Era la stessa Estelita che lo aveva salvato dall'essere incornato. Lo aveva avvertito che un toro in fuga gli era alle spalle. Era abitudine che il bestiame che veniva portato al mattattoio passava per le strade e quindi si dovevano chiudere porte e finestre mentre passavano. Se qualcuno voleva vedere il bestiame inferocito doveva farlo dai balconi o dai tetti delle case. Quel giorno Fabio stava andando a pescare con gli amici nel fiume Quindio ma le jeep erano rimaste incastrate nel mezzo della strada piena di fango. Tutti erano scesi a spingere senza rendersi conto che gli animali erano sulla stessa strada e si stavano avvicinando. Estelita li aveva visti dalle persiane della finestra della casa di sua zia e aveva fatto appena in tempo a gridare a Fabio che il toro era alle sue spalle. Mio figlio si era arrampicato su una passerella che era a un metro sopra la strada e poi aveva saltato attraverso una finestra che era ancora mezza aperta. Per qualche secondo aveva temuto di non avere più scampo. Me l'aveva detto lui stesso.

Qualche volta si comportava come suo padre perché andava sempre da unamontagna all'altra, ma invece di andare a cavallo andava in bicicletta. Era anche andato con la sua squadra a Merida in Venezuela. Mi mandava cartoline e pacchetti con le medaglie che vinceva nelle diverse città. Io capivo poco di sport e lui con molta pazienza mi aveva spiegato come si vincono le partite e i campionati di calcio. Mi occupavo personalmente delle sue divise e anche se non credevo c'era un futuro per lui a correre dietro una palla, gli davo tutto il mio appoggio.

Friggevo frittelle il pomeriggio che mi hanno detto che mio figlio era all'ospedale. Dapprima avevo pensato che era caduto dalla bicicletta e che si era solo ferito. Era stato portato a casa in barella tante volte con i ginocchi sbucciati. Ma entrata nel pronto soccorso avevo visto i visi dei suoi fratelli e avevo capito subito che si trattava di una cosa molto seria. Stava perdendo sangue dall'aorta e i dottori non riuscivano a fermare l'emorragia. Tutti in famiglia hanno dato sangue e i suoi amici hanno portato donatori di sangue all'ospedale. Perfino i parenti lontani hanno cercato di salvargli la vita. Anche se il sangue non era compatibile, qualcuno poteva usarlo. Felipe Jaramillo, un amico che aveva visto cosa era successo e stava nella sala d'aspetto, mi aveva detto che Fabio stava giocando alla roulette russa con Gustavo Osorio, uno dei suoi migliori amici, ed era partito un colpo. La ragazza mi aveva dato un'altra versione dei fatti e era scoppiata a piangere.

"Fabio e Gustavo avevano scambiato pistole ma Gustavo sapeva che la sua era carica" mi aveva detto in preda a una crisi isterica.

Il capo della polizia mi aveva detto che un comunista gli aveva sparato da un balcone. Il figlio del padrone della casa dove si erano riuniti per giocare a carte, e era successo il fattaccio, non aveva visto niente perché era al gabinetto. Alcuni vicini che avevano sentito lo sparo avevano visto un giovanotto con la camicia a quadretti saltare da una finestra. Donna Azucena, che al mercato mi vendeva i gladioli da portare al cimitero, mi aveva detto che era una congiura dei conservatori.

Gustavo, il presunto amico di mio figlio, era fuggito da Armenia in autobus. Non ho mai avuto la sua versione dei fatti. La verità era che mio figlio era morto e niente e nessuno me l'avrebbero ridato. Tutto era così confuso e assurdo che trovavo impossibile credere quello che era accaduto. Avevo dato a Fabio una pistola per protezione, ma non per il suicidio.

L'esproprio di Bellavista era stata uno dei colpi più duri che ho mai sofferto, ma la morte di un altro figlio era un dolore insormontabile. Era come una martellata che mi aveva lasciata senza la forza di vivere. Non mangiavo e non dormivo e avevo cominciato a odiare l'umanità. Mi sentivo impotente e senza la forza di rivolgermi a Dio perché non potevo guardarlo in faccia. Avevo perso la fede. E di più avevo perso fiducia in me stessa. Ero fallita come madre anche se tutto quello che avevo sempre fatto era per i miei figli. Dove avevo sbagliato?

Come potevo aiutare i tre figli che mi erano rimasti?

Mi vergognavo perché credevo di non meritare di vivere, ma non mi negavo la possibilità di cominciare a rimettere insieme quel poco di vita che mi restava. A quel punto non credevo che un uomo m'avrebbe salvata o che Dio poteva tirarmi fuori dall'abisso dove ero precipitata. Invece, sapevo che potevo contare solo su me stessa per la mia salvezza.

Quando avevo aperto gli occhi, dopo aver dormito solo un'ora tra le cinque e le sei della mattina, mi ero sentita come se il mondo mi stava schiacciando. Avevo continuato a gestire le hacienda, litigare con gli avvocati, rispondere a lettere e pagare i debiti alle banche. Però non riuscivo a concentrarmi. Non ero mai felice, neanche quando mangiavo la zuppa di mais bianco. Io stessa non sopportavo il mal umore. I miei capelli biondi diradavano e stavano diventando opachi. I pochi che mi erano rimasti diventavano grigi.

Quando ero giovane non avevo badato al mio aspetto anche se Rosaria mi diceva di tenermi in ordine e usare molto profumo quando Jesús tornava a casa. L'unica cosa che avevo che assomigliava a profumo era una bottiglia di acqua di colonia Florida de Murray. Me la spruzzavo sulle braccia e sulla faccia per rinfrescarmi. Avevo notato che il mio corpo si stava sciupando e che non potevo nascondere le vene varicose di tutte e due le gambe. Avevo imparato a mettere calze scure per nascondere il groviglio di vene che scendevano lungo le mie estremità. Mi erano arrivati ai piedi come se cercavano una via d'uscita per piantarsi nel suolo. Il dott. Orozoco mi aveva detto che non c'era niente da fare per curarle se non cercare di evitare la rottura di una vena. D'altra parte mi sentivo le ossa pietrificate dentro il corpo e, anche se volevo scappare da quel guscio di ferro, altre forze mi tiravano dalla testa ai piedi. La mano sinistra, che avevo rotto cascando da cavallo mentre scappavo dai banditi, era guarita col passare degli anni ma non aveva mai più riacquistato la sua agilità naturale. Era come una presa che mi serviva solo per sollevare cose leggere. Mi mettevo la prima cosa che vedevo nell'armadio e per un lungo periodo di tempo non avevo neanche notato che portavo sempre lo stesso vestito di velluto nero. Non usavo più la cipria che era l'unico cosmetico che avevo sempre usato.

In un certo senso avevo scelto di rinchiudermi nella villa che avevo comprato sul viale Bolivar a Armenia. I miei tre figli erano andati a vivere molto lontano e all'estero e e era impossibile ritornare a vivere in campagna. Armenia era una cittadina provinciale e tutti si conoscevano. La strada principale andava verso nord. I lampioni e le fogne arrivavano solo fino alla birreria Bavaria ai confini della città. Avevo Neftalí il mio autista che mi portava dove volevo.

Di fronte alla mia casa viveva il vescovo in una villa tutta vetri. Ci viveva con due monache e un albero di mele verdi nel giardino centrale in mezzo al patio. Per molti mesi che poi diventarono anni non sono mai entrata in chiesa. La maggior parte dei preti che conoscevo avevano figli e altri avevano lasciato il sacerdozio per sposare le loro amanti. Quelli che dal pulpito ci avevano addidati ai liberali e ci avevano denunciati come una minaccia all'ordine divino avevano ricevuto più soldi di un prete con tre parrocchie. Avevo anche perso la mia fede nei santi e se mi sono avvicinata al vescovo era perché mi aveva dato il permesso di usare la sua biblioteca privata. Ero una delle poche persone autorizzate a entrare nella villa e le sue sale di preghiera. Il vescovo dormiva in un letto così alto che doveva usare una scaletta per salirci. E poi era basso di statura e con la tonaca sembrava conficcato nel pavimento. Era più giovane di me e dalla faccia sembrava esser stato bello quando aveva studiato al seminario a Manizales. All'inizio, come da protocollo, quando lo andavo a trovare gli baciavo l'anello, ma dopo un po' aveva detto che così tanta riverenza non era necessaria. Mandava le monache a casa mia con mele e io rimandavo il cesto pieno di frittelle grandi come pompelmi. Mi aveva chiesto quale era il mio segreto per farle così grandi senza romperle perché le monache avevano provato a rifare la mia ricetta senza successo. Il segreto era aggiungere un po' di bicarbonato di sodio, spruzzarle con dell'acqua di cannella e friggerle in olio caldissimo. Il vescovo si lamentava del cibo che le monache gli preparavano e diceva che quelle povere donne non sapevano la differenza tra il sale e lo zucchero. Mettevano il sale nel caffèllatte e nei giorni di festa cucinavano il pesce con lo zucchero.

La camera del vescovo comunicava con un'altra camera con un altare. A destra un corridoio univa la sua camera alla biblioteca. I suoi libri di religione facevano compagnia a quelli di filosofia, il Cantico Spirituale di San Juna de la Cruz e i documenti del Secondo Concilio Vaticano. Da Roma mi aveva portato un documento con il mio nome e il sigillo di Papa Giovanni XXIII. Mi aveva anche regalato un amuleto da scapolare di Murano.

Ora stavo leggendo Anna Karenina, I Fratelli Karamazov, Oliver Twist, Guerra e Pace, Il Rosso E Il Nero e un romanzo intitolato Alla Luce Della Ribalta. Il vescovo aveva una mappa del mondo e con il dito mi indicava la Russia, l'Inghilterra, la Francia e la Spagna. Conosceva tutto sui personaggi dei libri e ammirava Pietro il grande, Caterina la grande e Napoleone. L'ho sentito dire che aveva visitato la tomba di Napoleone a Parigi. Io preferivo l'immagine dello stratega che era arrivato alle porte di Mosca. Passavamo lunghe ore parlando delle biografie di Thomas Jefferson, George Washington e di altri che non ricordo. La mia vita non aveva niente in comune con la loro e non vedevo la differenza tra un personaggio in un romanzo e la storia di quegli uomini. Di tutto può accadere sulla pagina e avevo discussioni molto animate con il vescovo perché gli dicevo che la vita di quegli eroi era molto semplice. Una volta il vescovo non era riuscito a convincermi che l'uomo era arrivato sulla Luna. Nella biblioteca vaticana aveva visto un pezzo di roccia lunare che era stata regalata al Papa dal governo gringo. Non mi andava di credere alla storia della Luna solo perché l'avevo vista in televisione o perché il vescovo la confermava.

Piú leggevo romanzi e biografie e più sospettavo le parole del vescovo. Il contenuto di quei libri non aveva niente a che fare con la mia realtà. I miei monologhi facevano ridere il vescovo e di conseguenza avevo cominciato a notare che rideva di me. Senza saperlo, il vescovo era diventato una specie di filtro per la mia ignoranza e aveva aumentato i miei dubbi.

La nostra amicizia era continuata per posta perché il vescovo era stato trasferito a Medellin a insegnare teologia. Prima di partire m'aveva regalato parte della sua collezione di libri.

QUARTA PARTE

CAPITOLO XX

DIONISIO

Dionisio aveva lasciato la carriera di prete ed era andato a studiare musica a Buenos Aires. All'inizio mi scriveva spesso: "Cara Mamma, le vie e i palazzi di questo porto sembrano quelli di Parigi, Madrid, Roma o Londra...." Non l'avevo mai sentita chiamare la Città delle luci, ma avevo visto dei disegni ad inchiostro fatti dal vescovo. La città aveva un viale 9 luglio a otto corsie più larga del viale Bolivar a Armenia o del viale Jimenez a Bogota, tutto pieno di macchine. Dionisio mi aveva detto che il teatro Colon era una copia creola della Scala a Milano. Davanti alla stazione ferroviaria c'era una copia del Big Ben. A primavera i parchi profumavano di glicini e alberi di lapacho e palo de borracho. La Piazza Maggio era piena di alberi di gomma, tipa e palme come avevo visto una volta a Buga quando ero andata per mantenere a una promessa fatta a Nostro Signore dei Miracoli. Credo di non essermi accorta prima dell'aroma della città, ma Dionisio mi aveva fatto capire che tutta l'Armenia era avvolta dalla fragranza della torrefazione di caffè eccetto la Piazza Bolivar che ogni sera profumava di gelsomino. Il dolce profumo dei fiori di buganvilla e sanjoaquine che decoravano i marciapiedi del viale si mescolava all'aroma della crema all'arancia usata dalle zitelle e delle noccioline e dei manghi salati e delle noci di cocco venduti dai venditori ambulanti.

In via Florida aveva comprato una scatola di biscotti alfajore che mi aveva mandato con uno che passava dalle mie parti. Lo so perché in fondo alla scatola avevo trovato l'indirizzo: Alfajores La Avellaneda, Florida numero 9 (1009). Buenos Aires, Repubblica di Argentina. Non li avevo mai assaggiati e adoravo il loro ripieno di arequipe, caramello o dulce de leche come viene chiamato dagli argentini.

Le donne portavano la pelliccia sia d'inverno che d'estate, quando in vacanza lungo le spiagge di Mar del Plata, portavano abiti sportive. Alcune si mettevano cappelli con piume o a tesa molto larga. Nelle foto che mi aveva mandato mio figlio era incredibilmente bello in mezzo a tutte quelle ragazze dal viso lungo e dalla carnagione molto bianca. In una delle mie lettere gli avevo chiesto se tutti in Argentina ballavano il tango. Mi aveva risposto sinceramente che non aveva ancora incontrato nessuno che ascoltava o sapeva ballare il tango. Dionisio mi aveva assicurato che le ragazze con le quali usciva credevano che Gardel era il nome di un negozio di caramelle in via Humboldt. Mi sembrava di vedere Jesús con i occhi dolci il giorno che mi aveva detto che Gardel era morto in un incidente aereo a Medellin. L'unica volta che l'avevo visto così triste era quando Rosaria s'era sposata e era partita con suo marito. Credo di avere odiato il tango perché mi ricordava le avventure e le assenze di Jesús. Il mio vecchio era stato depresso per un pò, ma sapevo che gli veniva più facile ricordare le parole delle canzoni Mi Buenos Aires querido o Custa abajo che i nomi dei suoi figli.

Dionisio mi aveva detto che non pronunciavano la "l" e la "y" come noi e per questo all'inizio non aveva capito molte parole. Con il passare degli anni Dionisio era diventato come gli argentini. Invece di mangiare le torte di mais con salsiccia, mangiava una tortilla spagnola con un filoncino di pane francese. Aveva cominciato a chiamare il dolce alla guava un membrillo e se era con formaggio era un bocado de vigilante, la merenda della guardia, come lo chiamavano quelli che abitavano a Boca, un quartiere italiano. Si chiamava così perché era la cena delle guardie di notte. Il sudado che gli preparavo con patate, yucca, manzo e qualche volta platano maturo, Dionisio lo chiamava puchero. Poteva chiarmarlo come voleva, a me bastava che mangiava quello che gli preparavo. Nessuno aveva bevuto vino a casa mia o acceso una sigaretta o roba del genere da quando era morto Jesús. Ma Dionisio era arrivato con una pipa in bocca e anche la cantina della casa profumava di calendole.

Ai caffè di Armenia vicino al mercato beveva pintadito e caffè con pandequeso, bunelos o empanadas, ma lui li chiamava confetterie. Gli avevo chiesto una volta cosa significava quella parola perchè per me sapeva di confetti e caramelle. Mi aveva detto che era come un piccolo bar dove la gente beveva l'espresso e mangiava il gelato o le paste francesi. Gli avevo risposto di smetterla perchè non eravamo in Francia e neanche in viale Maggio. Ero stata molto franca e gli avevo detto di non confondere un tamale con un alfajor o un biscotto di zenzero con un cornetto. La cosa più simile a una confetteria era El Destapado, un locale dove la gente beveva il caffè e combinava affari.

Ero una delle poche donne che ci entrava perché era un posto da uomini. Le uniche altre donne in El Destapado erano quelle che vendevano i biglietti della lotteria e le sigarette. I piantatori di caffè, gli allevatori di bovini e i rappresentanti si erano abituati alla mia presenza e mi trattavano con molto rispetto. Mi ero anche arrabbiata quando Dionisio aveva cambiato i nomi della chunchurria, dei fegati, ventrigli e del cuore a picada, una specie di cichetti all'argentina. Dopo tutto le interiora sono le stesse da tutte le parti.

Dionisio stava a Colonello Pringles, un albergo che apparteneva a dei parenti del signor Bremer. Ogni mese gli avevo mandato abbastanza denaro per pagare vitto e alloggio e gli studi al Conservatorio. Era arrivato a Buenos Aires durante un inverno molto freddo e avevo dovuto mandargli altri soldi per cappotti, sciarpe, guanti e stivali. Il signor Bremer non l'aveva riconosciuto quando era andato a prenderlo all'aeroporto. Si era fatto crescere i baffi e aveva già cominciato a essere un pò calvo. Il signor Bremer era quasi cieco e aveva dettato le lettere dove mi raccontava di mio figlio a sua nipote. Il signor Bremer aveva paragonato Juan Domingo Peron a Adolfo Hilter mentre mio figlio orgogliosamente mi aveva detto che i suoi compagni di scuola avevano partecipato alle dimostrazioni per Peron. I suoi compagni erano tutti figli di alti funzionari del governo.

Ero arrivata in queste montagne a dorso di mulo, con solo un vestito di ricambio e senza un soldo. Avevo veduto Armenia espandersi al di là dei mercati e la calle 18. In pochi decenni era diventata una città provinciale piena di bar, alcuni bordelli, quattro scuole, tre magazzini per il caffè, due parchi, una cattedrale, la posta centrale, un municipio e il teatro Bolivar. Mio figlio invece era arrivato in aereo a una metropoli. Non aveva dovuto cercare lavoro perché studiava. Molte volte mi ero chiesta se, lasciando me e la vita che odiava così tanto, non stava anche scappando da se stesso. Dionisio non andava in gelateria e non accompagnava i fratelli alle partite di calcio la domenica pomeriggio. Le corride gli facevano venire la nausea e non aveva nessun idea di come parlare con le ragazze della sua età perchè, secondo lui, erano molto sciocche. Avevo pure notato che non andava neanche d'accordo con gli altri ragazzi. Non mi sorprendeva che non passava il tempo per strada con i compagni della scuola San José, appoggiato a un muro a fissare le ragazze che uscivano di pomeriggio dalle monache capuccine o dalla scuola ufficiale. Dionisio passava ore nel salotto di casa con l'orecchio incollato alla radio a ascoltare radiodrammi o suonando Casta Diva cantata da Maria Callas al grammofano.

I monumenti di Buenos Aires o le gesta di Evita Peron non mi stupivano. Per mio figlio la città era la sua più grande scoperta perché aveva cominciato a conquistare la sua anima. Dionisio non aveva dovuto andare a caccia o a tagliare alberi come avevamo fatto suo padre e io, ma era dovuto venire a patti con se stesso in una nuova terra. Io ero arrivata quando non c'erano neanche le strade. Mio figlio era arrivato in un posto dove poteva passeggiare lungo viali per andare al cinema o al porto.

Non avevo più avuto nessuna notizia del signor Bremer. Poi, da Dionisio, avevo saputo che era morto d'infarto. Mesi prima Dionisio aveva lasciato l'albergo dell'ormai morto signor Bremer. Era andato a abitare in un appartamento a San Telmo con uno studente peruviano di cognome Matto. Nelle lettere non mi raccontava più delle lezioni di canto nè del pianoforte che voleva comprare. Ora mi parlava dei discorsi di Evita. La trattava come una fidanzata. Aveva imparato a memoria tutte le parole che diceva alla radio e me le mandava scritte come note musicali. Sapeva l'itinerario delle sue visite ai quartieri poveri e agli ospedali di Buenos Aires e aveva un diario pieno di ritagli di giornali su Evita. Me ne aveva mandato uno dove c'era Evita con il Papa. A dire il vero, era bellissima, proprio come me l'aveva descritta. Secondo i giornali i suoi gioielli erano costosissimi e Chanel creava vestiti per lei a Parigi.

Dionisio non mi aveva scritto per cinque mesi e credevo che era all'ospedale o qualcosa simile. Attraverso il consolato colombiano a Buenos Aires ero riuscita a rintracciarlo. Si era rifiutato di parlare anche con gli amici dalla morte di Evita Peron. Il giorno del funerale si era fatto prestare un'uniforme dal figlio di un ammiraglio e si era fatto passare come una delle guardie che vegliavano la bara di Evita Peron. Nessuno lo aveva scoperto ed era riuscito a vederla da vicino.

Quando avevo letto che il generale Peron era stato deposto, gli avevo mandato un biglietto per tornare a casa. Mi aveva risposto per telegramma dicendomi che tutto andava bene e che nessuno gli dava fastidio perché era uno studente straniero. Avevo dovuto mandargli sempre più soldi perché non bastavano mai. Poi mi aveva detto che stava perfezionando la voce con un maestro di canto chiamato Abel Piazza che aveva studiato con Enrico Caruso. Dionisio si era sentito molto onorato di essere in quella classe perché il maestro Piazza sceglieva i suoi studenti. Ma per questa ragione le spese, anche quelle per il maestro, erano aumentate. A quanto scriveva mio figlio, il maestro aveva lo studio al terzo piano in via Lavalle e era collegato con gente che lavorava alla radio. Il maestro gli aveva detto che poteva fare il suo debutto a un programma domenicale.

Anni dopo, in piedi in fondo al mio letto, aveva confessato e mi aveva chiesto perdono perché i soldi che gli avevo mandato per il pianoforte li aveva dati al peruviano perché glieli doveva, ma tutto quello che aveva a che fare con il maestro Piazza era stato vero. Dopo le lezioni però andava a teatro e ci stava fino all'alba guardando gli spettacoli di varietà o i film di Libertad Lamarque. Dionisio aveva smesso di andare al conservatorio e alle lezioni private con il tenore. C'erano state molte feste nell'appartamento di San Telmo fino a quando, per via di tutto il chiasso, il padrone di casa li aveva buttati fuori. La posta mi era tornata indietro e avevo creduto che era per sbaglio.

Avevo cominciato a dubitare del successo accademico di mio figlio quanto mi aveva scritto chiedendo altri soldi perché pensava che un cantante aveva più possibilità a Milano che a Armenia. Il suo nuovo progetto era di andare in Europa con i miei soldi. Molti amici di Buenos Aires erano andati a Parigi perché pensavano che la loro città era noiosa, che la gente parlava solo di calcio e, ancor peggio, che non c'era cultura. Le ragioni per cui i suoi conoscenti, poeti, scrittori, attori e compositori lasciavano la città non mi avevano convinta. Ero stata emigrante, ma non ero andata in capo al mondo per trovare quello che cercavo. Armenia non era certo l'ombelico del mondo. In tutti i suoi angoli e in tutte le epoche c'erano state scritte poesie anche se di poesia buona ce n'era poca allora. Doveva ritornare in patria, in provincia e a casa per confermare che anche un morso di sanguinaccio si meritava un paio di sonnetti.

Gli avevo subito mandato il biglietto di ritorno con una letterina in cui avevo detto che se non tornava lo avrei diseredato. Era ritornato entro un mese, con dieci valigie e un ventaglio giapponese in mano. In cuor suo era convinto che non avrei mantenuto la minaccia di toglierlo dal testamento ma non aveva voluto correre il rischio. E cosi quando aveva scoperto che non c'erano più contanti in banca, aveva impacchettato i libri, le cravattine a farfalla e la foto di Evita Peron ed era ritornato.

Li conoscevo molto bene i miei figli. Quando si trattata di denaro, non riuscivano a nascondere l'ambizione. Dionisio aveva rivendicato la sua parte di eredità dal padre. Era maggiorenne e credeva di averne il diritto. Era pure vedovo, anche se non mi aveva mai detto che aveva sposato una donna di Buenos Aires. L'avevo scoperto quando avevo trovato tra le sue carte una domanda per un visto per la Francia. Sopra c'era il suo nome e quello di sua moglie: Dionisio Márquez Gonzalez: stato civile: sposato; moglie: Victoria Musali de Márquez. Nelle sue lettere non mi aveva mai scritto di essersi sposato ed nemmeno della morte di mia nuora. Victoria era morta di leucemia dopo un anno di matrimonio. L'ho conosciuta grazie alla foto che mi ha mostrato. Era una donna molto bella con una folta chioma nera. A parte l'espressione triste, mi assomigliava. Matto, il suo amico peruviano, li aveva presentati alla scuola di musica e tre mesi dopo si erano sposati in segreto.

Lei aveva continuato a vivere con i genitori. I due ragazzi avevano partecipato ai gruppi peronisti per giovani e avevano aiutato i comitati che distribuivano da mangiare nei quartieri poveri di Buenos Aires. La malattia si era presa Victoria troppo giovane e Dionisio andava a visitare la sua tomba a Recoleta ogni giorno quando era ancora a Buenos Aires.

Ben presto avevo capito che più che soldi quello che lui voleva con così tanta urgenza era la sua libertà. Gli era sempre stato dato tutto dalla vita e ora si doveva rendere conto che le stelle non erano fatte di formaggio fritto e la luna non era un bombolone. Non era stato facile per me tagliare il cordone ombelicale e, tanto meno, negargli un centesimo se spendeva l'eredità del padre per gozzovigliare. Mi dava fastidio far vedere quanto ero vulnerabile. E così avevo venduto delle azioni e delle proprietà per coprire la sua quota e avevo aperto un conto in banca a suo nome, ma senza dirglielo, in modo da creare delle riserve. Dalla morte di Jesús avevo amministrato tutta la nostra proprietà e sapevo che prima o poi i nostri figli avrebbero voluto quanto gli era dovuto.

Dionisio aveva lasciato le valigie e la foto di Evita nella casa di viale Bolivar e era andato in Messico con il suo denaro. Nelle lettere mi aveva scritto che stava frequentando lezioni di recitazione all'Universidad Autonoma de Mexico. Si era iscritto a un corso di terzo livello su Bertolt Brecht. Ne ero contenta, ma fare l'attore in montagna era come piantare un'orchidea in un porcile. Gli attori morivano di fame o andavano a lavorare in un circo.

Ero tormentata dall'idea che non si sarebbe risposato o sistemato da qualche parte, anche in Patagonia. Mi ero calmata quando mi aveva poi scritto e detto di avere scoperto che la sua vera vocazione era comporre. Della musica sapevo poco e non mi era venuto in mente che un compositore era una specie di scrittore. I compositori raccontavano storie o esprimevano le loro frustrazioni nelle loro canzoni e inoltre guadagnavano di più degli attori. Ma mi ero ricordata di una biografia di Mozart che il vescovo mi aveva prestato e mi erano venuti i brividi al pensiero che mio figlio poteva finire in una fossa comune. Non dubitavo del suo talento, ma dubitavo della sua capacità di controllare gli impulsi da bambino viziato.

Dal Messico mi aveva mandato dischi e avevo comprato un giradischi Motorola che sembrava un comò. Marta Maria, la mia figlia più giovane, metteva la musica e passavo ore intere a ascoltare le canzoni di Dionisio. Ero fiera di lui e del suo lavoro. Le canzoni parlavano di amori finiti male, di mamme adorate e di lodi per le piantagioni di caffè. A volte le domestiche mi facevano andare in cucina perché stavano ascoltando Lucho Gatica, Leo Marini o Toña la Negra che cantavano le sue canzoni alla radio. I suoi nuovi amori erano Maria Felix, Javier Solis, Pedro Infante e Antonio Aguilar, che aveva incontrato personalmente. Aveva persino una foto di Maria Felix accanto al letto.

Dionisio era rimasto in Messico per dieci anni. Quando aveva lasciato le terre azteche per tornare in Colombia, era arrivato con venti bauli e una dozzina di amici. Quando era tornato dall'Argentina aveva portato solo una decina di bauli. Ora aveva la barba ed era calvo. Sembrava più vecchio della sua vera età, ma era molto bello con il suo abito bianco e la cravattina a farfalla di seta color vino. Mi aveva portato tre mantille, una borsa piena di peperoncini jalapeno perché mi piacevano, un'immagine della Vergine di Guadalupe e un disegno a matita di me da giovane. Mi aveva anche regalato un pappagallino che cantava gli auguri di buon compleanno, l'Ave Maria e alcune delle sue canzoni. L'uccellino era morto un paio di settimane dopo il suo arrivo a Armenia perché Dionisio gli dava vino in Messico e io invece gli davo pane e cioccolata. Aveva anche portato una troupe di cantanti e don Leo Marini, la cui apparenza stonava con la voce, che si era presentato alla porta di casa. Era piccolo, aveva dei baffetti neri e usava troppa brillantina. Si vestiva in abiti di colore pastello ed era molto dolce di carattere. Beveva vino a colazione, pranzo e cena. Credo che quando andava a teatro era già brillo.

La casa era diventata un albergo di gran lusso. Quando me n'ero finalmente accorta, ero diventata la domestica per gli ospiti di Dionisio. La cucina era sempre aperta, non c'erano mai abbastanza lenzuola per cambiare i letti ogni giorno, e le donne di servizio si lamentavano dell'odore delle sigarette fumate dagli artisti. La goccia che ha fatto traboccare il vaso erano i mariachi. Non si poteva mai andare in bagno perché era sempre occupato da un artista. Un giorno avendo trovato una chitarra sul mio letto avevo detto a Dionisio di cercarsi casa per combinare i suoi affari. Anche la mia pazienza aveva dei limiti.

I musici non erano più tornati da me in viale Bolivar e neanche a Armenia. Non c'era più l'albergo gratis e Dionisio aveva perso un sacco di soldi come agente di spettacolo. E così aveva aperto un negozio di dischi per vendere la sua musica, ma le vendite erano così poche non poteva neanche pagare l'affitto. Poi aveva aperto una balera, ma aveva dovuto chiudere i battenti perché non ci veniva nessuno. Dionisio mi diceva che era solo questione di tempo e che la gente sarebbe venuta. Ma sapevo che nessuno sarebbe andato a Los Diamantes, come si chiamava il suo locale, perché nessuno voleva ascoltare cantanti mediocri dai nomi strani come Marlowe. Ma lui mi diceva che era proprio così che i grandi come Javier Solis e Cantinflas erano stati scoperti.

Al contrario, il pubblico voleva solo ballare cumbias e fare all'amore negli angoli bui del locale. E la gente lo odiava quando, microfono in mano, lui tradiva i suoi clienti notturni: - Tanti saluti speciali al dott. Arango, al tavolo numero tre – Dionisio diceva, pensando di fare un complimento. Ma invece faceva scappare la gente perché i dirigenti non volevano far sapere alle moglie le loro relazioni con le segretarie. Mio figlio era convinto che tutto avrebbe funzionato come nei night in Messico. Era un ingenuo perché un locale in una cantina In una cittadina provinciale non era il posto giusto per declamare poesie. Dionisio non era stato capace di capire che ci voleva un posto dove si poteva piangere in silenzio ascoltanto i versi di un tango o una milonga. Un night è un monumento allo spettacolo e non un posto dove perdersi in rammarichi..

Dionisio mi aveva rinfacciato che si sentiva un aborto di natura. Io gli avevo rinfacciato la sua perfidia perché lo diceva a una che aveva sofferto tanto. A quarantadue anni si sentiva fuori posto. Quando lo guardavo mi vergognavo, ma allo stesso tempo ero furiosa che non aveva combinato niente nella vita e dava la colpa agli altri. Era facile per lui attribuire le sue debolezze ad altri e mi demoralizzava capire che non potevo aiutarlo a vincere le sue battaglie. Avevo combattuto le mie e il mio unico conforto era il lavoro. Non avevo dato tregua alle mie debolezze e avevo lottato come una tigre per proteggere i miei cuccioli. Non avevo mai avuto il tempo per essere triste, altrimenti non starei a raccontare questa storia. Ma come avevo fatto a creare un figlio che non era capace di stare in piedi da solo? Dove erano andati a finire i miei geni e quelli di suo padre? Ma a quel punto della vita non mi sentivo tanto in colpa perché Dionisio aveva avuto più di quanto si meritava.

Ci ho messo una vita ad accettare Dionisio, la sua debolezza, i suoi fallimenti e la sua arroganza. Credo solo che alla fin fine ho capito che non l'avevo fatto di quercia dura, ma che era vulnerabile come l'uovo di una gallina cubana. Con l'andar del tempo il suo risentimento verso di me era aumentato di pari passo con la sua delusione di se stesso. Venivo sempre pugnalata dalle sue parole. Gli preparavo da mangiare e lui rispondeva mettendo il piatto per terra. Mi diceva che era cibo per cani. I cani randagi che avevo ai poderi mi mostravano la loro gratitudine infinita scodinzoland contro la mia gonna quando gli davo gli avanzi. Ma mio figlio mi guardava con risentimento quando gli preparavo le bistecche al sangue come gli piacevano. Non mi diceva una parola per settimane intere e poi si presentava in camera mia con un mazzo di fiori in mano.

CAPITOLO XXI

MIA FIGLIA

Maria Marta era la mia unica figlia e non era stata un'eccezione all'obbligatorio esilio. Come i fratelli, aveva dovuto abbandonare la montagna per paura d'essere rapita o peggio. L'avevo mandata a scuola dalle suore della Presentacion a Medellin. Non avevo né il tempo né la pazienza per dedicarmi a mia figlia. Le suore mi avevano convinta che avrebbero fatto quanto necessario e avevo affidato loro il compito di formare il suo carattere. Il viso di Maria Marta era come il mio, ma non aveva la mia personalità. L'avevo saputo fin dalla nascita, nell'istante preciso quando le balie se l'erano presa perché era nata prematura. Mio figlio Fabio e Marta erano nati a un solo anno di distanza e avevano fatto la prima comunione insieme. Andavano molto d'accordo e Fabio l'aveva protetta dai fratelli più grandi.

Le suore mi scrivevano che si comportava bene e aveva buoni voti. Non la vedevo quasi mai perché non lasciavo l'hacienda ed era lontana. Per il quindicesimo compleanno le avevo regalato una spilla d'oro a forma di sole. Mi ricordo d'averle organizzato una festa sul terrazzo intorno alla piscina della casa di viale Bolivar e di averle fatto fare un abito di tulle. La gonna era larga e rifinita con tutti i colori del cielo. Mia figlia aveva gambe belle e un seno abbondante, come il mio quando ero giovane. Le ragazze della sua età si pettinavano come nelle foto che avevo visto di Evita Peron. Non le permettevo di mettersi il rossetto o di farsi un neo vicino alla bocca. Né io né i fratelli permettevamo ai ragazzi di venire in casa. Non volevo vederla sposata perché era ancora una bambina. Volevo farle godere la sua giovinezza e la sua bellezza. E così quando ho scoperto che stava ricevendo bigliettini segreti da uno spasimante, mi ero messa d'accordo con le suore della Presentacion di mandarla a Washington a studiare l'inglese.

Marta Maria era rimasta negli Stati Uniti per un paio d'anni, ma non aveva imparato la lingua. Era la primavera del 1959 a Washington. Nelle foto che mi aveva mandato per posta era con l'amica Maria Teresa, da Bacaramanga, lungo il fiume Potomac. Le loro uniformi e i berretti neri contrastavano con i fiori degli alberi di ciliegio giapponesi. I fiori dei ciliegi erano sparsi per i prati e i monumenti erano pulitissimi. Non avevo mai visitato la capitale degli Stati Uniti, ma ero felice nel sapere che mia figlia era nel paese migliore del mondo.

Volevo farla restare là e sposare un gringo o almeno qualcuno della nostra classe sociale, ma mia figlia non era interessata a Esteban, il fratello di Maria Teresa, che la adorava. Esteban studiava ingegneria a Harvard e andava spesso a trovare sua sorella al collegio delle suore della Presentacion. Era così che aveva incontrato Marta Maria. Le accompagnava nelle passeggiate domenicali intorno alla Casa Bianca.

Marta Maria aveva conservato tutte le lettere d'amore di Esteban anche dopo essersi sposata con un altro. Ecco perché avevo potuto leggere le lettere che avevo trovato insieme alle foto. Esteban e Maria Teresa erano figli d'un industriale di Santander. Loro padre aveva paura che sarebbero stati rapiti e aveva mandato il figlio in esilio per primo. Poi aveva combinato quello della figlia. Marta Maria mi aveva raccontato che la sua amica era molto elegante ma rubava le caramelle dai mercati Woolworth. Mi aveva anche detto che la sua amica aveva confessato di avere una malattia chiamata cleptomania. La poveretta non riusciva a controllare l'impulso di rubare quando si presentava l'opportunità. Avevo raccomandato a mia figlia di non uscire con Maria Teresa perché se la polizia la beccava quando era con l'amica sarebbero andate in galera tutte e due anche se lei non c'entrava per niente. Mia figlia mi aveva promesso di non frequentarla più, ma la sua volontà era così debole che non aveva resistito quando l'amica le aveva giurato che si sarebbe controllata.

Ero molto felice che Esteban faceva la corte a Marta Maria perché speravo che così avrebbe dimenticato il suo spasimante in Colombia. Ma ho anche sempre saputo che le galline ignorano il mais sparso nei cortili per mangiare la merda nelle piantagioni di caffè. Mia figlia aveva incoraggiato

Esteban e anche quando era tornata in patria lui le telefonava regolarmente. Quando ha scoperto che si era sposata, si era sparato in testa nel dormitorio dell'università. Mia figlia era così presuntuosa e sconsiderata che non aveva mai avuto il coraggio di rivelare al ragazzo i suoi veri sentimenti.

Da Washington, e senza il mio consenso, aveva continuato a scrivere a quell'altro fannullone, e una volta tornata, lo aveva sposato in segreto. A quel disgraziato di suo marito non piaceva lavorare, ma gli piaceva farsi mantenere dalle donne. Non avevo avuto bisogno di detective per avere notizie delle sue scappatelle perché anche gli ortolani al mercato ne erano a conoscenza. Aveva due amanti, tutte e due più vecchie di lui, ed era sterile. Poi avevo saputo che non aveva alcun sentimento paterno e non si vergognava di ammettere che non gli piacevano i bambini. Le sue amanti però lo accettavano com'era e non lo lasciavano.

Aveva impegnato tutti i gioielli che avevo dato a mia figlia, anche la spilla a sole che le avevo regalato per il quindicesimo compleanno. Quando le avevo chiesto di restituire la spilla, Marta Maria mi aveva detto che i ladri erano entrati in casa e le avevano rubato tutti i gioielli. Suo marito era stato buttato fuori da tutti i posti dove gli avevo trovato da lavorare. Gli avevo affidato la direzione di El Vergel, una delle mie haciende, ma non mi aveva riportato vendite di caffè o banane. Secondo lui, l'hacienda produceva solo perdite e con la raccolta del caffè aveva pagato i debiti.

Suo padre possedeva un negozio di pezzi di ricambio per auto e aveva una giovane amante con sei figli oltre ai tre legittimi con la moglie. Rosita, la suocera di mia figlia, sapeva dove la rivale abitava e conosceva i nomi di tutti i bambini, ma non aveva il coraggio di lasciare il marito perché non mancava mai di darle quanto necessario per il vitto e l'alloggio. La faccia di Rosita non mostrava mai rabbia o frustrazione. Ogni mattina alle sei andava a messa e tornava con un sorriso, come se tutto sarebbe cambiato perché aveva pregato Sant'Antonio di ridarle il marito. Non la giudicavo se voleva ignorare che suo marito le faceva le corna perché Jesús non era certo stato San Francesco d'Assisi. Avevo beccato mio marito che nascondeva soldi per le domestiche nei calzini. Ammiravo la devozione di Rosita, la sua fede e la sua innocenza. Ma d'altra parte non credevo che Dio si sarebbe mosso senza il mio aiuto e se pregavo, quando arrabbiata, era perché pregavo di essere liberata da mio marito. Che Dio mi perdoni, ma è la verità.

Rosita mi aveva detto "occhio che non vede, cuore che non duole" ma io personalmente avevo gli occhi nella testa e non nel cuore. Tra le donne della mia generazione, il marito infedele era accettato come cosa normale e a patto che gli uomini mantenevano i loro obblighi familiari la questione delle amanti veniva ignorata. Dopotutto, erano donne di strada. Ma cosa succedeva se una di loro diventava numero uno? Fino al giorno della morte Rosita aveva continuato a credere che don Pablo, suo marito, la rispettava e l'amava più dell'altra.

Don Pablo, il suocero di mia figlia, era tirchio e non dava nemmeno una caramella ai nipotini, ma con tutti i bambini che doveva sfamare non potevo dargli torto. Mio genero era bello e mi dispiaceva che mia figlia era stata così sciocca da innamorarsi di lui solo per via dell'aspetto fisico. Già a dodici anni beveva alcool puro nelle cantine con i compagni della scuola Rufino e, da adulto, la sua passione per il bere e la marijuana era solo aumentata. Né don Pablo né Rosita fumavano. Per la prima volta in vita mia avevo sentito la parola marijuana e all'inizio avevo pensato che parlavano della maggiorana usata nel brodo di pollo. Mio figlio maggiore mi aveva spiegato cos'era e come i ragazzi la usavano. Non c'è niente di nascosto nei giardini di Dio. Avevo scoperto che mio genero era un drogato perché i braccianti lo avevano visto fumare erba. Mio genero si drogava sotto il mio naso e lo avevo creduto un cretino.

Donna Berta, una vicina che lo conosceva da bambino, si era meravigliata e mi aveva chiesto come mai mia figlia era cascata per uno così quando c'erano tanti altri al mondo. Mi ero chiesta la stessa cosa molte volte e ero arrivata alla conclusione che era almeno in parte colpa mia per via dell'educazione severa che le avevo dato.

Credo che quello che mi aveva fatto arrabbiare più di tutto era stato quando mi era arrivata in casa con gli occhi pesti. Come poteva permettere a quel figlio di puttana di picchiarla? Jesús aveva provato una volta con me, ma se n'era pentito perché gli avevo spezzato un bastone sulla schiena e il dottor Fajardo lo aveva messo fermo per un mese.

La cosa peggiore era che Marta Maria non lo voleva lasciare. Aveva paura di lui e tornava ai piedi del padrone per farsi prendere a calci. Non mi potevo capacitare che mia figlia era senza spina dorsale e, ancor peggio, non aveva stima di sé. Finalmente ho capito che lei non aveva la forza di volontà di lasciarlo ma che io avevo il potere di mettere fine alla distruzione di mia figlia da parte di uno psicopatico. Grazie a mio genero, Marta Maria aveva perso il suo primo bambino quando era incinta di cinque mesi perché le aveva dato un calcio nello stomaco. Mia figlia mi aveva mentito e aveva detto di essere caduta dall'autobus. Poi avevo scoperto che il marito la picchiava perché i vicini del primo piano avevano sentito le botte. Vivevano in una casa con un balcone in un quartiere modesto e l'affitto lo pagavo io. Non avevano il telefono ma l'inquilino del primo piano aveva un negozio dove mi chiamava per mettermi al corrente dell'andirivieni di mio genero. Davo delle mance a don José per l'aiuto e una volta aveva dovuto chiamare la polizia perché Marta si era buttata dalla finestra con il figlio in braccio perché il marito la picchiava. Era stato un miracolo che non si era fatta male quando era caduta sul terrazzo di don José. Quando ero arrivata, chiamata da don José, la poveretta era per terra che piangeva stretta al figlio.

L'ho portata insieme ai miei nipotini a casa mia, anche se i miei altri figli e amici non erano d'accordo. I fratelli le avevano vietato d'entrare in casa. Leonardo diceva che era una donna sposata e che suo marito doveva mantenerla. Ma non potevo lasciare per strada mia figlia e i suoi tre bambini anche se suo marito era uno sfacciato. L'ho costretta a divorziare da lui perché non potevo mantenerla se continuava a fare bambini. Con l'aiuto dei miei avvocati ero riuscita dopo un paio di mesi a dividere la loro proprietà, ma non c'era stato modo di ottenere l'annullamento del matrimonio cattolico. Quando ero andata a prendere lei e i suoi mobili era magrissima e parlava a stento. Avevo dovuto curarli io i miei nipotini perché Marta Maria si era chiusa al mondo. Passava le notti sveglia. A mia figlia ci sono voluti diversi anni per riavere un po' di tranquillità. L'ho portata da vari specialisti e le ho anche dato un crocifisso di Caravaca perché mi avevano detto che proteggeva contro gli spiriti maligni. Durante le sue interminabili ore di insonnia mi diceva di avvertire un cane incatenato che si aggirava intorno al letto. Le sue allucinazioni mi facevano stare male, ma le medicine e l'aglio che le ho dato l'avevano aiutata a superare la crisi.

CAPITOLO XXII

IL SEQUESTRO

Mi era gelato il sangue dopo la telefonata del vescovo che aveva confermato quanto già sospettavo. Quella mattina Leonardo non mi aveva portato nè il latte nè le arance dalla fattoria. Avevo pensato che era rimasto a dormire da una delle sue donne perché sua moglie mi aveva chiamato per lamentarsi del fatto che non era tornato a casa la sera prima. Avevo subito preso un tassì e ero andata a casa della Verza, una delle sue amanti preferite. Rocío, chiamata La Verza a causa del suo leggendario sedere, era venuta alla porta in camicia da notte e non era sorpresa di vedermi. Sapeva che un giorno o l'altro sarei andata a cercarlo. Non mi ero mai mischiata negli affari di mio figlio ma, quando si trattava di proteggerlo, avrei fatto di tutto. Ci eravamo fissate dalla testa a piedi e poi c'eravamo rese conto che si stava combattendo la stessa battaglia.

Neanche lei sapeva dov'era Leonardo. La mattina presto due giorni prima lo aveva salutato con un bacio e un abbraccio. Mi aveva raccontato che quella mattina aveva pianto molto e aveva creduto che era perché si sentiva in colpa e che le dispiaceva per la moglie di Leonardo. Rocío aveva ricordato a Leonardo i suoi obblighi di marito e ogni notte gli diceva che non era bene lasciare la sua sposina tutta sola.

Mio figlio aveva buon gusto quando si trattava di donne e La Verza non era un'eccezione. Rocío era una mora dal sedere grande e sodo. Aveva i capelli corti e bruni, gli occhi scurissimi e il naso e la bocca rivelavano qualche goccia di sangue bianco. Mio figlio era sposato ma continuava ad andare a donne. Aveva due figli illegittimi, ma li manteneva. I bambini non erano della Verza ma del suo primo amore. Leonardo non aveva mai voluto dargli il suo cognome, ma gli mandava sempre vestiti e da mangiare.Non sapevo quante donne aveva perché era sempre molto riservato. Quello che sapevo lo venivo a sapere dai pettagolezzi dei cuochi, camierieri e autisti.

E così quello che temevo più di tutto era infatti successo. Secondo l'amministratore dell'hacienda, mio figlio non si era presentato alla solita ora. I braccianti avevano trovato il suo camion senza benzina e libretto di circolazione. Un agronomo e il suo autista che erano in macchina con lui avevano raccontato alla polizia e a me quello che era accaduto. Erano circa le sei di mattina e erano in macchina, parlando dei progetti per sradicare le vecchie piante di caffè e mettere al loro posto la Caturra, un nuovo tipo di caffè.

La Federazione Nazionale dei Coltivatori di Caffè aveva raccomandato la Caturra perché, tra l'altro, si poteva piantare di più in meno spazio. Si diceva che l'aroma e il sapore erano migliori degli altri. Personalmente mi fidavo più del caffè Bourbon e Arabica che degli ibridi della Federazione. Li avevo coltivati tutta la vita e con la giusta ombra e pioggia avevo avuto buoni raccolti. Ma mio figlio voleva portare innovazioni all' hacienda e far venire macchinari dal Brasile.

Ma torniamo a quello che era successo. Erano arrivati al ponte Calamar quando tutto a un tratto una jeep rossa li aveva bloccati e l'autista si era dovuto fermare. Quattro uomini in divisia militare e con mitra erano saltati giù dalla jeep. Avevano annunciato che era un sequestro e che Leonardo doveva andare con loro. L'agronomo e l'autista erano stati legati e lasciati per strada. Avevano bendato e ammanettato Leonardo e l'avevano portato via. Secondo due testimoni, mio figlio aveva cercato di liberarsi. Leonardo aveva tirato un calcio alle palle a uno dei rapitori e aveva gridato che erano tutti gran figli di puttana. Uno, senza esitare, gli aveva spaccato i denti con il calcio del mitra.

Fin dall'inizio sapevo che la polizia non sarebbe stata molto d'aiuto perché, tra l'altro, non aveva molte risorse. Per questa ragione il vescovo mi aveva consigliato di mettermi in contatto con Payares Peinado, un generale dell'esercito, che mi aveva ricevuta quella sera stessa a casa sua. Mi aveva dato un bicchierino di alcool forte che avevo bevuto per la prima e ultima volta in vita mia. Il generale Payares mi aveva fatto un sacco di domande che ora non mi ricordo, ma ce n'era stata una che mi aveva fatto pensare alla possibilità che avevo nemici. Chi era questa gente sfrontata che nascondeva la faccia? Perché era stato scelto mio figlio? Che diritto aveva questa gente di privarlo della libertà? Non avevo alcun dubbio che mio figlio ne aveva combinate tante ma, secondo me, non dovevo soldi a nessuno e non avevo mai fatto male a nessuno. L'unica cosa che avevo fatto in vita mia era lavorare come un mulo per fare soldi per pagare le imposte e rimediare le sciocchezze dei miei figli.

Payares Peinado era venuto da me il giorno dopo e mi aveva dato precise istruzioni: dovevo essere l'unica a rispondere al telefono e dovevo farlo in una stanza appartata e non potevo ridire ai miei amici i dettagli delle mie conversazioni con lui. Nessuno doveva sapere dei nostri frequenti incontri. Se qualcuno voleva venire a casa, doveva prendere un appuntamento e non dovevo aprire se non sapevo chi era alla porta.

Tutti i domestici e la gente che lavorava alle haciende erano sospettate. Per diversi mesi non potevo neanche andare all'angolo della strada senza essere sorvegliata. Gli stipendi degli impiegati dovevano essere pagati da un ufficio a Armenia per evitare ogni rischio. Payares mi aveva preparato al peggio sin dall'inizio.

Dopo una settimana piena d'ansia avevo ricevuto una lettera sotto la porta di casa che mi diceva di aspettare una telefonata. E infatti i rapitori si erano messi in contatto con me. Ogni volta che chiamavano la casa sentivo voci diverse, a volte una donna, altre volte un uomo, e una volta hanno anche usato un bambino. I messaggi erano brevissimi e riattaccavano senza lasciarmi il tempo di parlare. Avevo riferito tutti i dettagli a Payares che non ne era sorpreso. Sembrava che conosceva bene come agivano i rapitori e anticipava sempre ogni loro mossa. I suoi sopracigli folti che nascondevano il colore degli occhi mi turbavano ma dovevo controllarmi e non piangere davanti a questo sconosciuto. Il generale Payares era l'unico che poteva aiutare mio figlio. Ma dentro sentivo che sia i militari che le chiromanti portavano iella. Dalla morte di mio marito non ero più andata dalle chiromanti perché avevo paura di sapere il futuro. Ma avevo sentito cantare una folaga nel giardino prima della scomparsa di mio figlio e non era un buon segno. Mi ricordavo che alcuni giorni prima della morte di Jesús quell'uccello non aveva smesso di svolazzare intorno alla casa del quartiere Berlin. E poi, come ingigantire la mia paranoia, una farfalla nera grande come una colomba si era attaccata alla parte della camera da bambino di mio figlio. L'insetto era apparso tre giorni prima del sequestro e anche quando cercavo di scacciarlo non si era mosso. Dopo due mesi senza notizie di Leo, eccetto le telefonate, avevo deciso di andare da una donna esperta di sortilegi. A quel punto non avevo niente da perdere! La donna mi aveva detto che Leo era strettamente sorvegliato, in una stanza buia, e che era molto magro. Payares si era molto arrabbiato quando gli avevo raccontato cosa mi era stato rivelato.

"Signora, sia fiduciosa e non si lasci abbindolare da imbroglioni. Questo è un caso di intelligenza militare" mi aveva ripetuto.

Il continuo squillare del telefono mi faceva impazzire, ma Payares mi aveva chiesto di essere paziente perché ero l'unico contatto. Finalmente mi avevano detto che se volevo rivedere mio figlio vivo dovevo pagare cento milioni di pesos. Inoltre mi avevano avvertita di non parlare con la DAS (il Dipartimento di Sicurezza) o i militari perché altrimenti mi avrebbero mandato il cadavere di mio figlio. Avevo risposto che volevo sentire la voce di Leonardo e lo avevano messo al telefono.

"Mamma, sto bene, fa quello che vogliono."

Era come se uno sconosciuto stava parlando usando la voce di mio figlio. Aveva un tono calmo e quasi cordiale. Infatti nelle poche parole che ci eravamo scambiati durante tutto il periodo del sequestro mi era sembrato di avvertire una simpatia inspiegabile per i rapitori.

Ma erano davvero pazzi? Non avevo una somma del genere in contanti e con i guadagni della raccolta del caffè avevo ripagato i prestiti presi dalla Cassa Agraria e la Banca del Caffè. Avevo risposto che non avevo quella cifra e mi avevano detto che dovevo arrangiarmi e farmi dare i soldi in prestito dai miei amici ricchi. Payares Peinado era insopportabile e mi aveva detto di cercare di trattare con i rapitori mentre lui continuava con le sue indagini. Il generale mi aveva anche detto che prima o poi i rapitori si sarebbero traditi in qualche modo e che più tempo passava più aumentavano le possibilità di catturarli.

"Signora, sono comuni delinquenti. Non sono comunisti." Payares Peinado mi aveva detto mentre sorseggiava un caffè.

Ma non era il suo di figlio nei guai! Non m'importava se i rapitori erano conservatori, liberali, banditi, comunisti, guerriglieri o dei semplici delinquenti. In un momento di disperazione avevo detto che ero riuscita a trovare solo cinquanta milioni perché tutto il resto era investito. Mi avevano detto che ci avrebbero pensato e poi mi avevano dato la loro risposta: una busta con dentro il suo mignolo. Sapevo che era il suo perché non c'era l'unghia. Leonardo l'aveva persa in un incidente alla fattoria. Era distratto e il maccinacaffè gli aveva quasi strappato il dito mentre cercava di ripararlo. Un avviso scritto con lettere ritagliate dal giornale diceva, "Questo è perché sei tirchia. La prossima volta ti mandiamo l'altro."

I delinquenti avevano smesso di telefonare per qualche settimana. Passavo le notti in bianco e per otto mesi ho sofferto più di Leo perché credevo che in qualsiasi momento avrei ricevuto la notizia della sua morte. Nei miei incubi vedevo il mio corpo sulla scrivania di Payares Peinado e sullo stomaco avevo un piccolo uomo tutto nero. Il generale stava comodo in poltrona, fumando e buttando una penna per aria mentre l'uomino mi pigiava sullo stomaco. Altre volte sognavo che ero davanti al palazzo vescovile, uno sconosciuto a cavallo si avvicinava per dirmi un segreto. Non riuscivo a capire cosa stava sussurando ma assomigliava alla lingua che il signor Bremer, il mio vicino a Rio Verde, usava quando chiacchierava con me. Quando era molto stanco diventava confuso e credeva di parlare in spagnolo ma invece usava la sua lingua madre.

Avevo paura di dormire perché anche le sieste erano diventate una tortura. Un pomeriggio ero seduta sul divano vicino al telefono. Ero in una stanzetta che era riservata alle telefonate che poi si era trasformata in una stalla rossa. Sognavo e mi volevo svegliare ma non potevo perché non riuscivo a chiudere le porte. Una tigre si era avvicinata e mi voleva divorare. Mi ero difesa dall'attacco e altri animali vicini e terrorizzati erano scappati via. Dal profondo del mio cuore mi ripetevo che era solo un incubo e che sarebbe finito presto. Grazie a Dio mi ero svegliata e mi ero ritrovata coperta di sangue. Da quando avevo compiuto cinquant'anni perdere il sangue dal naso mi succedeva spesso. Nella borsa avevo dei fazzoletti bianchi ma non servivano a niente. Il dott. Perdomo mi aveva detto di stare all'ombra e riposarmi.

La Verza veniva a trovarmi ogni giorno. La moglie di Leo l'aveva chiamata puttana nell'ufficio del generale Payares Peinado, ma lei aveva tenuto la bocca chiusa e si era ingoiata l'insulto. Continuavo a mantenere i due figli illegittimi di Leo e la loro madre. Il generale mi aveva consigliato di cercare di calmare la nuora legittima. Aveva anche detto che forse lei era coinvolta nel sequestro perché la sua gelosia era senza limiti. Rocío sapeva stare al suo posto e a volte pensavo che la sua timidezza era una finzione, ma era innamorata pazza di Leo e non l'avrebbe tradito. Payares non si fidava della Verza e l'aveva interrogata molte volte usando la macchina della verità. E lei stessa mi aveva giurato che era completamente innocente.

I delinquenti si erano rimessi in contatto e mi avevano lasciato parlare per poco con Leo. Mi sembrava che lui mi odiava perché non avevo pagato quanto volevano e che mi incolpava della sua sfortuna. Mi avevano detto che avrebbero ridotto la somma di venti milioni ma di non fare niente prima di consegnare i soldi. In ogni modo Payares Peinado mi aveva detto di seguire le istruzioni alla lettera e che il servizio segreto si sarebbe occupato del resto. Un tassì mi aveva portata in un quartiere che non voglio dire. In una cartella di pelle blu avevo i soldi avvolti nelle pagine della rivista Cromos. Ho lasciato il tutto in un bidone della spazzatura e ero risalita in macchina senza guardarmi indietro. L'autista, che era un agente della polizia in borghese, aveva accelerato e eravamo scesi dalla montagna così di fretta che ero convinta che avremmo avuto un incidente.

Arrivata a casa c'era Payares Peinado al telefono. "Signora, venga a prendere suo figlio" mi aveva ordinato il generale.

Non sapevo se era vivo o morto. Quando l'avevo visto nell'ufficio del generale non l'avevo riconosciuto. Per un attimo avevo creduto che l'avevano scambiato con un altro ostaggio. Ma poi ho riconosciuto il mio Leonardo perché gli mancava il mignolo. Sembrava tutto rimpicciolito. Sembrava un bambino di dieci anni con la barba, come l'ebreo errante. Mio figlio aveva perduto i denti, era dimagrito di venti chili e aveva gli occhi e la pelle giallastri e aveva un odore di muffa. Non c'era dubbio che dovevo riempirlo di olio di fegato di merluzzo. Vedendomi aveva alzato lentamente la testa coprendosi gli occhi con la destra per proteggerli dalla luce e mi aveva detto che stava bene. Poi si era messo a piangere.

Per tutti quei mesi lo avevano tenuto in mutande e incatenato al letto. Gli avevano dato da mangiare solo una volta al giorno. Gli avevo tolto i vestiti, la pistola e i documenti casomai cercava di scappare. Una donna che chiamavano Mona, una bionda, era quella che gli dava da mangiare. All'inzio non gli avevano permesso di lavarsi o farsi la barba, ma dopo gli avevano portato dell'acqua per lavarsi la faccia. C'era un cesso nel pavimento ma gli era quasi impossibile usarlo perché era incatenato al letto. La stanza non aveva finestre e era grande abbastanza per appena due persone. Leonardo aveva contato i giorni durante le prime due settimane però aveva ben presto perso il conto e si era abituato alla mancanza dei raggi del sole. Leo credeva di essere in una cantina perché sentiva risate e passi sopra alla testa. A volte sentiva cani che lottavano e la voce di un venditore ambulante che gridava "bomboloni e paste alla crema." Leonardo non aveva mai dimenticato l'odore del pane fresco che penetrava nella cantina. C'era un fornaio vicino alla casa dove avevano trovato Leonardo e i rapitori avevano usato il telefono pubblico per telefonarmi.

Al terzo mese di prigionia la donna che gli dava da mangiare gli aveva portato un giornale. C'era un articolo che diceva che non si sapeva dove era tenuto il giovane rapito. Mona lo aveva costretto a leggere tutto il giornale ad alta voce, anche gli annunci, perché era analfabeta.

"Lo vedi come vivono i ricchi? Vedi, tutte quelle feste eleganti e noi viviamo come topi. Tua madre ha un sacco di denaro, ma è molto tenace non vuole mollare" gli diceva.

Un giorno la donna gli aveva portato un gioco da tavolo disegnato a mano. Nel centro c'era un cuore. I due avevano giocato per ore usando fagioli come fiche. Teneva i dadi nel corpetto e aveva detto a Leo che li riscaldava lì per buona fortuna.

"I miei compagni non sanno cosa facciamo. Se lo vengono a sapere ci impiccano tutti e due" gli aveva detto.

A Mona non piaceva questa vita, ma doveva farla per accontentare il suo padrone. Secondo Leo, la ragazza era bionda e molto bella. Non l'aveva mai vista prima e, dall'accento, pensava che veniva dalla costa. Aveva raccontato a Leo della sua giovinezza in un villaggio di pescatori e gli aveva detto che il suo viso le ricordava il fratello che era annegato tra le mangrovie.

Con il passare del tempo Leo si era abituato alla luce e alle voci. Il generale ci aveva spiegato che i rapitori avevano usato Mona per non far impazzire Leonardo che altrimenti passava i giorni senza vedere o parlare con nessuno. In più lei tirava fuori da lui informazioni e gli aveva anche detto di un piano per la sua fuga. Quando i soldati lo hanno liberato, lui era convinto che gli era diventata amica. Le sue lacrime non erano per me, ma perché aveva saputo che era morta durante la sparatoria tra soldati e rapitori. Per Leo, Mona rappresentava il suo unico contatto con il mondo esterno. L'aveva trasformata in una dea.

Poco dopo avevo scoperto che la donna della costa era l'amante del mio contabile, che aveva ideato il sequestro. Era il capo della banda, e una delle mie domestiche lo informava di tutto quello che si diceva in casa. Uno dei braccianti, che conosceva la nostra routine quotidiana, era un altro complice.

CAPITOLO XXIII

I MOBILI STILE DECÒ

Il mio patrimonio si era ridotto di tre quarti, ma avevo ancora l'hacienda di Los Alamos, cinque case date in affitto e la macchina. Dopo la morte di Fabio avevo venduto La Primavera e il bestiame. La villa di viale Bolivar richiedeva troppi soldi per gli stipendi dei domestici, il giardiniere, l'autista, e il mantenimento. Così avevo congedato i domestici dando la liquidazione per tutti gli anni di servizio e ero andata a vivere in una case più piccola. Alla mia età non avevo bisogno di lussi ma solo di riposo. Avevo tenuto l'essenziale e il resto dell'arredamento, incluso le lampade di cristallo, erano state immagazzinate a Los Alamos. Di tutta questa roba non mi importava più. Mi interessava solo vivere e se volevo godere gli ultimi anni di vita al massimo allora era meglio farlo in semplicità.

I tarli avevano divorato i mobili stile decò. La stoffa verde dei cuscini era ammuffita per l'umidità e erano rimaste solo le molle di rame che si vedevano dai buchi nelle poltrone. Le valige di Dionisio avevano ancora le targhette con il suo nome e le etichette degli aeroporti e degli alberghi. I topi avevano mangiucchiato i bauli rivestiti di seta color viola, e gli scarafaggi avevano fatto banchetto delle cravattine a farfalla di seta di Dionisio. I guanti e i cappelli erano fuori moda, ma non per i ragni che avevano usato il ricamo a perle per nasconderci le uova. C'erano scatole di legno piene di migliaia di dischi, ma non si potevano suonare perché le perdite di acqua dal tetto li avevano rovinati. Tra i dischi ce n'erano alcuni con la copertina con foto di donne sorridenti. Uno aveva ancora le tracce d'inchiostro di un autografo: "Non mi dimenticare. Kika." In un angolo c'era una foto di Eva Peron e parte del viso si era sbiadito nel chiaroscuro della carta.

Il disegno di Beethoven che Dionisio si era portato dal Cile era ancora intatto dall'urina dei topi. Il pianoforte a coda non era stato toccato da anni e un reverendo protestante che l'aveva veduto alla fattoria l'aveva comprato per sua moglie che lo suonava mentre cantava ai loro riti domenicali. In fondo a uno dei comò c'erano pacchetti di foto avvolti in plastica. Dentro c'erano i volti di Jesús, Jesús Maria, Miguel, Israelino, Barbara, Carmen, la cara Rosaria e il suo amato signor Stilman. I gemelli e Fabio, i miei bambini, stavano silenziosi in mezzo a pezzi di carta marcia. L'unica cosa rimasta intatta era il mio vestito verde smeraldo. Era ancora conservato in carta ingiallita. Le palline di naftalina erano servite perché neanche gli insetti erano riusciti a distruggerlo.

Sulle pareti bianche di stucco della casa di Los Alamos erano appesi i diplomi dei ragazzi, le loro medaglie, foto grandi di tutta la famiglia, Papa Pio XII e Papa Giovanni XXIII, un quadro di tre quarti del vescovo, il Nostro Signore, i telegrammi incorniciati dal Ministero dell'Agricoltura che attestavano il pagamento di Bellavista e perfino una lettera della Regina Fabiola del Belgio.

Mi ero messa in contatto con la moglie di Re Baldovino I perché cercava aiuto per avere figli. Le avevo mandato la ricetta di capelli mais in vino bianco. Nella rivista Cromos avevo letto un articolo dove si parlava di quanto era triste la regina perché non era riuscita a produrre eredi per il regno. La Regina mi aveva ringraziato con una cartolina dal palazzo reale di Bruxelles e avevamo cominciato una corrispondenza durata vari anni.

Il suo segretario privato, un certo monsieur D'Cardan, batteva le lettere a macchina e la Regina le firmava, Mi immaginavo la Regina nel suo ufficio che le dettava al monsieur, ma credo che il suo assistente probabilmente era più felice di lei di essere in contatto con gente che non conosceva e che non avrebbe mai veduto. Sono certa che per la Regina era tutto parte del suo lavoro giornaliero, ma confesso che ero sempre contenta quando ricevevo i messaggi del monsieur D'Cardan.

La collezione di più di cento riviste Cromos di Marta Maria era stata ereditata dagli amministratori della fattoria. Avevo buttate le riviste nell'immondizia perché erano tutte a pezzi. Però le foto di Miss Universo, Luz Maria Zuluaga, Rita Hayworth e tutti gli altri divi erano state ritagliate e appicciate alle pareti. Una volta avevo veduto la foto di Donna Berta de Ospina che scendeva da un aereo usata per coprire un buco in un muro della cucina. Molti dei libri che avevo accumulato negli anni erano finiti come labirinti per le formiche che ci avevano costruito fortezze nella biblioteca e altri venivano usati come carta igenica dai braccianti.

CAPITOLO XXIV

DAMARIS

Il comportamento sfrenato dei miei figli aveva consumato il patrimonio familiare e anche se la mia mente funzionava meglio che mai, il mio corpo non aveva più l'energia di una volta. Fin dalla prima operazione quando il dott. Perdomo mi aveva tolto più di un chilo di ciccia dallo stomaco oltre a un tumore grosso come un pugno, mi ero accorta che un po' alla volta le mie budella si disintegravano. Il dott. Perdomo mi aveva dato due anni di vita ma aveva torto perché l'agonia è stata più lunga di quanto mi aspettavo. Può sembrare morboso, ma il dott. Perdomo stava peggio di me. In meno di ventiquattro mesi era morto di cancro al fegato, anche se credo era la cirrosi perché ogni volta che mi veniva a trovare l'alito gli puzzava di alcool Cristal de Caldas.

Nel giro di pochi anni i tumori avevano cominciato a crescermi nell'addome e sulla schiena. Crescevano molto velocemente e erano più tenaci della mia volontà di vivere. Non riuscivo a sopportare l'odore del maiale arrosto o tanto meno la cioccolata calda con una pasta. Vomitavo quasi tutto quello che mangiavo ma la cosa peggiore era il dolore. Mi sembrava di combattere contro un fantasma e non ero abituata a battagliare con un nemico invisibile. Tutte le mie battaglie erano state combattute faccia a faccia, ma non potevo vincere contro questo battaglione di tarli che distruggevano la casa dall'interno. Sembravo debole come la tigretta alla quale avevo sparato per sbaglio una volta a caccia con Jesús.

Quello che sentivo nel cuore e nello stomaco era un misto di dolore profondo dell'anima e del corpo. Non sapevo cosa era peggio: la mia tristezza o il feroce desiderio di finirla una volta per tutte perché non sopportavo più il dolore. Non mi ero mai lamentata con nessuno e non avevo mai pianto sulla spalla di uno sconosciuto. Credevo che il mio cancro era semplicemente la somma totale di tutto il dolore provato in vita. Mi sentivo come un'enorme roccia immobile in un fiume e scavata così tanto dall'acqua che era rimasto solo un guscio di granito.

A dire la verità, avevo sofferto ma non mi sentivo vittima del fato perché mi ero reinventata. Allo specchio mi vedevo dignitosa e anche un pochino vanitosa. Ero fiera di quello che avevo ottenuto con Jesús e da sola. Ma, anche se sapevo di essere stata una capostirpe, capivo che con la mia morte la mia famiglia sarebbe finita.

Avevo piantato e coltivato caffè, banane, aranci, limoni, cacao, guamo, guanabana e looffah e i peperoncini che amavo così tanto. Avevo visto crescere le piante di caffè Arabica e Bourbon che per anni avevano prodotto milioni di chicchi rossi. Avevo avuto centinaia di capi di pollame, galline, galli, tacchini, oche, anatre e pavoni. Non sapevo se la mia ossessione per le uova era perché da bambina le mangiavo solo durante la Quaresima o quando me le dava la mia amica Nera. Nelle mie fattorie le cagne figliavano dieci cuccioli alla volta e le scrofe non finivano mai di fare maialini. Le tette delle mie mucche erano sempre piene di latte e i vitellini succhiavano il latte a volontà. Tamales, zuppa di platani, fagioli, arrosti di maiale, torte di mais e di manzo e frittelle di farina, formaggio e uova non mancavano mai sulla mia tavola. Nessuno lasciava casa mia a pancia vuota. Dicevo sempre alla cameriera di preparare più del necessario perché ci doveva sempre essere mangiare per ospiti. La gente che lavorava per me doveva seguire la regola che era molto meglio avere troppo che troppo poco. Naturalmente, avevo fatto la fame da bambina e sapevo cosa significa andare a trovare qualcuno che sta bene e tornare a casa a pancia vuota.

Fortunatamente ero riuscita a crescere una famiglia e avevo fatto del mio meglio per avere una casa come si deve. Avevo pagato tutte le tasse e non avevo rubato. Avevo creato ricchezza ma tutto quello che avevo ottenuto con le mie mani era andato perso. Probabilmente questa malattia era un modo di mettere fine alla mia agonia. Ma se la Morte veniva, ci saremmo incontrate faccia a faccia. Saremmo morte insieme e c'era davvero la resurrezione, allora saremmo risorte insieme dalla tomba a vedere Jesús e tutti i miei cari morti.

Finalmente il dottore mi aveva prescritto delle punture di morfina. La droga serviva solo a calmare il dolore perché il cancro mi divorava le budella e mi torturava senza tregua. Damaris, l'infermiera, stava con me giorno e notte. La ragazza era arrivata con la valigetta e aveva messo le sue cose nell'armadio indicatole da mia figlia. Veniva da Circasia, ma viveva con la madre in una stanza nel quartiere Las Setenta Casas. Sua madre si occupava della nipotina di un anno. Divideva la stanza anche con la sorella Amanda. Amanda faceva la maestra a Cordoba e veniva a casa solo per il fine settimana.

Non riceveva la busta paga da tre mesi perché i maestri erano in sciopero, ma lei aveva continuato a insegnare perché aveva paura di perdere il posto. Il padre della figlia di Damaris era il radiologo dell'ospedale dove lei lavorava, ma era sposato e padre di gemelli. Anche se non aveva riconosciuto la bimba, dava soldi ogni mese per evitare uno scandalo o una causa legale.

Damaris era ben fatta e credo che anche il capo ospedale si sarebbe innamorato di lei. Aveva occhi celesti e ogni volta che le sue mani toccavano i miei muscoli sentivo un gran sollievo. Leonardo non riusciva a staccarle gli occhi di dosso e nemmeno lei da lui. Leo aveva cominciato a venirmi a trovare più spesso, non solo per via della mia salute ma per vedere Damaris. Ero contenta che, nonostante la mia malattia, c'era ancora posto per l'amore. Inoltre, avevo tutto il tempo del mondo per ascoltare i romanzi che uno dei miei nipotini mi leggeva. Mi facevano tanta pena le sofferenze del Siervo sin tierra di Caballero Calderon, odiavo la nonna di Candida Erendira e la rassegnazione della ragazza mi infuriava.

In un certo senso il racconto non mi stupiva perché a Barcelona avevo incontrato una ragazza che viveva con la nonna, una Donna Blanquita. La ragazza assomigliava a quell'attrice americana dai lunghi boccoli che ballava. Mi ricordo che si chiamava Shirley Temple e la sua faccia era sulla scatola di biscotti che mia figlia Marta Maria mi aveva mandato dagli Stati Uniti. Donna Blanquita aveva un negozio che di giorno vendeva petrolio e carbone e di notte era un bar. Beh, la nonna intratteneva i clienti con sua nipote che aveva tredici anni. Sul retro della casa aveva una stanza dove teneva chiusa la ragazza e la obbligava a ricevere i clienti dopo averli fatti ubriacare con la birra Poker che vendeva. I suoi vicini mi avevano raccontato quello che succedeva perché avevano visto e sentito tutto attraverso il bambù che separava le due proprietà. Anni dopo avevo sentito dire che Donna Blanquita era stata trovata con un coltello ficcato in pancia e si diceva che era stata sua nipote. D'altra parte non riuscivo a capire come il colonello Buendia poteva dare da mangiare al suo gallo mentre lui e la moglie morivano di fame. Che diavolo!

Prima di diplomarsi alla scuola per infermiere di Manizales, Damaris aveva lavorato come segretaria per un dentista. Lavorava di giorno in ufficio e studiava di notte. La sua grafia era perfetta e quando non potevo più scivere perché mi mancava la forza nelle mani, leï scriveva quello che le dettavo e me lo rileggeva.

Il 31 dicembre 1990 alle 15.25 ho deciso di chiudere gli occhi e non proferire più parola. È questa la ragione della mia lettera. Caro vescovo, la prego di leggere attentamente questo plico di note che le mando per raccomandata. Deve aprirlo tra dieci anni quando non ci saranno più neanche le mie ceneri nè ricordo di me nel cuore di chi ho amato e chi mi ha amata. Lei può correggere l'ortografia e cambiare il capitolo che parla di Lei e delle suore se vuole perché non corrisponde alla Sua vera personalità. Infatti, se crede che ai lettori piacerebbe l'immagine di un vescovo alto ottanta centimetri e che adora Alessandro Magno invece di Napoleone, può cambiarlo. Non cambierà il significato degli eventi. Ma se pensa che Suor Juana Inez de la Cruz ha più prestigio di San Juan de la Cruz, può metterli tutti e due e così saremmo contenti sia Lei che io.

Ma La prego di non togliere la descrizione di mio genero solo per via della marijuana. Lo so che non è bello lavare i panni in pubblico, ma non ho esagerato nella mia descrizione per via dell'odio. Se ha bisogno di controllare i fatti può chiedere a quelli che lo conoscevano ad Armenia o ai compagni del liceo Rufino. Le racconteranno cose terribili su come questo alcolizzato e drogato tormentava mia figlia.

Mi ricordo di come mio genero aveva trovato un posto come venditore ambulante per i Fratelli Mora, una ditta che vendeva le macchine da cucire Singer a rate. Marta Maria stava per partorire il terzo figlio e lui, incoscientemente, era partito per Apartadó, Chigorodó e altre cittadine a Chocó. Era sparito per tre mesi e del parto me ne sono dovuta occupare io. Quando era tornato a casa mia figlia lo aveva accolto come se non era successo niente. Non ho mai capito cosa ci trovava in quell'uomo. Certo, era bello e le donne lo volevano. Ma non era lavoratore e neanche molto intelligente. Le urlava, la umiliava continuamente e ancora peggio, la picchiava. Da me non aveva mai visto comportamento simile, ma si era abituata alle botte. Credo che mio genero era impazzito a forza di bere così tanto da giovane. Ma mi preoccupava ancora di più il fatto che mia figlia doveva essere più pazza di lui perché continuava ad amarlo. Quell'uomo aveva perfino osato mandare uno dei suoi migliori amici a trovarla mentre era via in uno dei suoi famosi viaggi per lavoro. Marta Maria mi aveva detto di averlo scoperto perché il presunto amico del marito glielo aveva confessato. La poveretta era così ingenua!

Era successo che il giovane che veniva spesso a trovarla e le portava dolci, la confortava e giocava con i bambini – li portava ai giardini e comprava il gelato. Con il passare del tempo aveva cominciato a interessarsi seriamente a mia figlia e le aveva chiesto di lasciare il marito, che lui li avrebbe mantenuti tutti. Aveva anche ammesso che lui e il marito si erano messi d'accordo che avrebbe sedotto Marta Maria per dare una scusa al marito di liberarsi di lei dato che aveva un'altra donna. L'idea era stata di mio genero, ma il suo compagno si era innamorato di mia figlia. Ma se mio genero aveva amanti perché non si era semplicemente separato? Solo un pazzo furioso avrebbe ideato un piano del genere. Ma lei viveva solo per lui, per un uomo al quale non importava niente. Le vedeva solo le gambe quando voleva andarci a letto e la faccia di lei solo quando la riempiva di pugni.

Finalmente lo aveva lasciato, quella bestia, ed era venuta con i bambini a vivere da me. Se ne stava seduta, tutta ranicchiata per il freddo delle prime ore della mattina, accanto al mio letto. Era un rito che cominciava alle 5.30 di mattina. Si alzava, ci preparava il caffè, e poi cominciava a parlare dei sogni della notte prima. Mi descriveva tutti i posti, la gente, e le voci che aveva visto e sentito nei sogni. Li interpretavo e le dicevo che era tutto segno di buona fortuna. Se aveva sognato di provarsi un brillante, le dicevo che significava che avrebbe ricevuto soldi inaspettatamente. Se aveva visto suo fratello Fabio, le chiedevo di pregare perché era segno che soffriva. Se aveva avuto una conversazione con le suore della Presentacion e non portava l'uniforme, le ricordavo di scriverle o di chiamare le vecchie compagne di scuola. Era come un gioco perché Marta Maria interpretava i miei sogni. Lo ricordo perché era uno dei pochi momenti intimi trascorsi insieme. Mi parlava come se nessuno l'aveva mai ascoltata.

Si spettegolava e lei non faceva altro che parlare dell'ex marito. Le aveva fatto così tanto male e non me l'aveva detto prima perché aveva paura di come avrei reagito. A dire la verità, non era nata per essere amata da un uomo. L'amore non è per tutti. Jesús diceva sempre, "L'amore e i sudari cascano dal cielo." Aveva così tanto bisogno d'affetto!

Per quanto riguarda il sequestro, ho cambiato i nomi delle persone coinvolte eccetto quello di mio figlio. L'ho fatto perché volevo mantenere la promessa fatta al generale Payares, che riposi in pace. Alcuni di quelli coinvolti nel rapimento erano morti il giorno stesso che avevo lasciato la cartella nel bidone dell'immondizia, mentre altri vanno a spasso per le strade di Armenia. Uno dei detective aveva preso una pallotola nella gamba sinistra, e zoppica ancor'oggi. Per diversi mesi ero andata a trovarlo in ospedale e mi aveva descritto la cantina dove mio figlio era stato tenuto prigioniero. I vicini non si erano mai accorti che una persona era stata tenuta in prigione lì. Alcune delle persone mi avevano detto che una donna con un bimbo e un marito ci avevano abitato per un anno. Di notte c'era tanto movimento nella casa ma la Bionda aveva detto che il marito lavorava la mattina presto al macello La Maria. Tutti gli altri dettagli di questo incubo sono in queste carte.

Se dovessi rivivere la mia vita, non cambierei niente eccetto alcuni momenti amari. Non permetterei a nessuno di picchiarmi come aveva fatto Domingo, quell'uomo orribile per il quale avevo lasciato la casa di mia zia da ragazza. E poi, non permetterei a nessuno di abusare o umiliare i poveri. Non avrei figli condannati a morirmi in pancia o di mal di cuore o sacrificati alle pallottole del fato. Sposerei Jesús, avrei gli stessi figli e altri cinque. Se mia madre e mio padre fossero vivi, li porterei a vivere da me per dare così dei nonni ai miei figli. Non sopporterei le infedeltà di mio marito. Lo castrerei come un toro piuttosto che essere sciagurata per colpa sua. Se dovessi rifarmi il vestito smeraldo per un'ora sola per festeggiare il matrimonio della mia figliastra, lo farei senza pensarci un attimo. E poi lo metterei via per sempre nella naftalina. Se dovessi riscrivere le mie memorie, lo farei così perché voglio lasciare un documento scritto sulla vita di una donna del ventesimo secolo che servisse da testimone e lezione ad altre nelle stesse condizioni.

Forse sarebbe bene se caro vescovo lei potesse aggiungere qualcosa su quanto c'è stato di felice nella mia vita. Ero stata felice quando avevo visto la mucca della zia pascolare nei prati di Don Jose Giraldo. Ero stata felice quando avevo succhiato un uovo e Nera mi aveva raccontata di sua madre. Mi ricordo le occhiate feline di Jesús all'osteria di Donna Nicasia, le sciarpe che mi aveva portato da Medellin e gli avocado che usava per tingere i vestiti. Avevamo passato la luna di miele circondati da bestie feroci e mi aveva protetta tra le sue braccia di cacciatore. Mi aveva fatto sentire amata e odiata. Nel mio profondo intimo non avevo mai accettato le corna che mi aveva fatto. Mi dava scuse stupide per vedere se avrei tollerato quello che per altre donne era come bere un bicchiere di latte andato a male senza fare indigestione. Non so dove Rosaria aveva trovato la pozione per la fertilità o come il vino bianco usato per prepararlo mi era finito tra le mani. Credo che il prete a Barcelona mi deve aver dato un po' del suo vino non santo. Benchè ero rimasta senza una goccia di sangue dopo la nascita del primo figlio, mi ero sentita la donna più felice della montagna quando avevo tenuto Dionisio tra le braccia. Ero contenta quando Jesús lo cullava e gli dava un bacino per calmargli la febbre.

Caffè nero la mattina, zuppa di platani con peperoncini e cilantro a mezzogiorno, fagioli con porchetta di pomeriggio, latte con zucchero di canna o pezzettini di torta di mais inzuppati di latte erano tra i miei preferiti. Davo acqua e da mangiare agli indigeni delle montagne, ai neri della valle e della costa, ai contadini che avevano occupato i miei poderi, e agli orfani e alle donne abbandonate. A Natale maiale, budino e frittelle di formaggio, farina e uova ai prigionieri in galera. Non posso negare di essere stata vendicativa, autoritaria e quasi inflessibile con tutti i miei errori e i difetti degli altri. Ero capace di odio, come qualsiasi altra persona, ma amavo i miei intensamente.

Preti, suore, reverendi protestanti, avvocati, medici e figli mi avevano succhiato denaro. Ma, in cambio, ero stata ripagata con il dott. Orozco, il signor Bremer, il topografo tedesco ebreo, e con Lei, caro vescovo, che mi ha prestato i primi libri che ho letto in vita mia. L'ultima volta che avevo veduto il dott. Hernando Orozco era stato molto prima d'avere avuto la diagnosi della mia malattia. Ero andata a trovarlo a Medellin. Si era separato dalla moglie da molto tempo. I figli si erano sposati, e viveva con un cane e una vecchia che puliva, faceva la spesa e gli dava le medicine. Gi avevo regalato delle lenzuola bianche ricamate con le sue iniziali. Non so se le ha mai usate perché è morto pochi mesi dopo la mia visita. Quel pomeriggio, quando ero arrivata e avevo bussato alla porta, mi aspettava in piedi ma sorretto dalla cameriera. Era pulito come se stava per entrare in sala operatoria. Non avevo mai notato prima che balbettava ma, da vecchio, la lingua gli era diventata pesante come una piastra di carbonio. Mi aveva riconosciuta e chiesto come stava Jesús.

"È morto molti anni fa" avevo risposto a voce forte per farmi sentire. "È morto d'un attacco al cuore."

"Come sta Ooooo?" ci aveva messo così tanto a pronunciare la prima lettera del nome di mio figlio che avevo dovuto io finire con la parola

Octavio.

"Anche lui è morto di mal di cuore." Avevo risposto con un lungo sospiro. Non l'avevo più visto dopo quel triste incontro.

Mi ero chiesta tante volte cosa ci faceva un medico del suo calibro in queste montagne. Jesús lo aveva portato a casa perché non si fidava delle levatrici della zona. Virtudes, la prima moglie, aveva sofferto molto nelle mani delle donne dell'hacienda che l'avevano aiutata con i primi parti. Mi aveva detto che quando era nata Rosaria, Virtudes aveva avuto una serie di emorragie e non si era più ripresa. Per quel motivo aveva portato il dott. Orozco da Medellin e lo aveva convinto a restare. E poi, il dottore si era innamorato di una delle donne più belle di Calarcá e Jesús aveva fatto da testimone al loro matrimonio. A dire la verità, non credo che il dott. Orozco sarebbe venuto per conto suo da queste parti per fare fortuna come medico. Era onesto, un vero esempio di rettitudine e saggezza. Molti anni dopo, una volta separato dalla moglie, era tornato a Medellin.

E così Dionisio mi aveva fatto conoscere il mondo della musica e con lui avevo ascoltato Madama Butterfly, Il mio vecchio San Juan e Oropel. Leonardo aveva ereditato la voglia di lavorare dal padre ma anche il suo temperamento imprevedibile. In lui c'era l'amore per la terra e per le donne. Non aveva voluto studiare e invece si era dedicato a lavorare la terra e con Fabio mi aveva aiutato ad ammininistrare i nostri averi. Octavio, il gemello, era come l'infanzia che non avevo mai avuto mentre Fabio era come la mente che alimentavo quando leggevo i miei romanzi.

Mi piacevano i pomeriggi quando stavo a guardare i nipotini giocare con palloncini colorati e cuccioli pieni di pulci. Non mi andava bene quando dormivano con i cuccioli perché lasciavano peli da tutte le parti, ma mi incantavo a vederli correre con la scrofa che avevo comprato per loro e che finiva con l'addormentarsi sul letto con loro. Chachita, la maialetta, aveva le ciglia lunghe e si addormentava quando i nipotini le grattavano la schiena. Ero stata costretta a portarla a Los Alamos, il primo podere che avevo comprato, perché era diventata così grassa che distruggeva i pavimenti di parquet della villa in città. Ma portavo i nipotini al podere a trovarla nel suo nuovo porcile accanto al suo nuovo amore.

Per quanto riguarda Dionisio, non voglio ferirlo se in caso è ancora vivo. Lo so che gli farebbe dispiacere sentire la mia voce e mi accuserebbe di essere la causa dei suoi fallimenti. Ditegli che l'ho amato molto, perché non gliel'ho mai detto, che ho sofferto molto più di quanto può immaginare e che sono sempre stata molto orgogliosa di lui e della sua musica. Gli perdono il risentimento, l'odio giovanile per me, le grida e le minacce, perché non gli ho dato quello che voleva. Ditegli che ero una madre come tante. Con pregi e difetti. E, per favore, mandategli del denaro dai guadagni per la pubblicazione di queste memorie.